Ana Arruda Callado
é jornalista, escritora e professora universitária. Conselheira da ABI e membro do Pen Clube do Brasil. Trabalhou em *Jornal do Brasil*, *Diário Carioca*, *O Sol*, *Tribuna da Imprensa*, *Senhor*, Jornal de Vanguarda da TV Rio, e na revista *Estudos Feministas*. Coordenou a edição da enciclopédia Delta Universal. Doutora em Comunicação, presidiu o Conselho Estadual de Cultura em 2002. Tem quatro livros publicados, entre eles a biografia de Adalgisa Nery.

ELAS SÃO DE MORTE

UMA AULA DE MATAR

Ana Arruda Callado

UMA AULA DE MATAR

Rocco

Rio de Janeiro – 2003

Direitos desta edição reservados à
EDITORA ROCCO LTDA.
Rua Rodrigo Silva, 26 – 4º andar
20011-040 – Rio de Janeiro – RJ
Tel.: (21) 2507-2000 – Fax: (21) 2507-2244
rocco@rocco.com.br
www.rocco.com.br

Printed in Brazil/Impresso no Brasil

preparação de originais
MÁRCIA DORÉ

CIP-Brasil. Catalogação-na-fonte.
Sindicato Nacional dos Editores de Livros, RJ.

C16a Callado, Ana A. (Ana Arruda)
Uma aula de matar/Ana Arruda Callado. – Rio de Janeiro: Rocco, 2003.
. – (Elas são de morte)

ISBN 85-325-1630-0

1. Ficção brasileira. I. Título. II. Série.

03-1566
CDD – 869.93
CDU – 821.134.3 (81)-3

UMA AULA DE MATAR

– Posso entrar?

Para compensar a intromissão, Regina dá um largo sorriso, senta em frente à diretora e começa a conversar, bem à vontade.

– Como é? Está pronta para a maratona de segunda-feira? Esse concurso deve ser demoradíssimo, não é mesmo?

Ana Lúcia está com ar cansado. Tem vontade de dizer que não quer conversar, que quer ir para casa, mas se deixa levar pelo hábito de ser gentil.

– É demorado, sim. Acredito que ficaremos na sala por mais de seis horas. São três candidatos... Meu único consolo é que a presidência da banca será do professor Marques de Melo, inclusive por ser de uma universidade de outro estado. Ele é respeitado, ninguém vai contestar sua escolha. Além disso, não conhece muito bem o pessoal aqui do Rio, o que é ótimo. Evitará fofocas, como já houve com a inclusão na banca da Margarida, da UFF, e da Maria Helena, da UERJ. Imagine, duas professoras do maior gabarito, e fazem uma tremenda onda falando em favorecimento da candidata mulher. Que pobreza, santo Deus! Meu papel, felizmente, vai ser só de ouvir, fazer algumas perguntas e dar notas. De qualquer maneira, esta tensão toda das últimas semanas me arrasou. Quem sabe, antigamente, os concursos acadêmicos eram mais elegantes... ou estou fantasiando o passado, para agüentar o presente – concluiu com um sorriso.

– Você acha que o Borges ganha mesmo, como todos estão dizendo? Saiu até no jornal...

– Não sei, não sei... Ele é o medalhão nessa história, mas a banca tem que julgar muitos outros aspectos... O fato de ter saído no jornal me incomoda, e muito. Fico pensando que, naquelas notícias, deve haver objetivos que me escapam. Um jornal nunca se interessou por concurso de universidade. Não estou gostando do que anda acontecendo por aqui...

O ar preocupado de Ana Lúcia é substituído, de repente, por sua determinação:

– Regina, você está me sondando? Todo mundo sabe que torce pelo Borges. Acho bom disfarçar um pouco, menina!

– Disfarçar o quê? Bem, você tem razão. É hora de ir descansar, curtir bem este fim de semana e estar em forma na segunda-feira. Não vou perder esse show por nada.

Regina sai como entrou, sorrindo, à vontade, com ar matreiro.

O professor Luís Borges está voltando para casa, depois de passar a tarde com Escobar, com quem pretendia discutir a aula que preparara para o concurso. O celular toca. Ele aproveita o sinal vermelho e atende, ríspido:

– Quem é? Estou no trânsito.

Do outro lado, Regina faz sua voz mais doce.

– Ah, desculpe, prometi não ficar ligando... É só para desejar boa sorte, amor! Estarei lá, torcendo, e bem discreta, pode ficar tranqüilo.

Borges sorri, mas mantém a voz severa.

– Obrigado, mas acho que não preciso de sorte. É só não haver a tal de solidariedade feminista. Vou ficar bem sim, obrigado.

Desliga. O sinal abre, mas os carros não andam. "Que pode ser a esta hora? Nem no sábado esta rua fica transitável! A cidade está ficando insuportável. O mundo está ficando insuportável." Mais adiante vê o que está bloqueando a rua: uma batida sem importância, apenas um farol quebrado como conseqüência, mas a pista com um bocado de gente parada assistindo à discussão dos motoristas. Ao passar, tem vontade de xingar todo mundo, mas o tédio é maior que a indignação.

Entra no apartamento com ar tenso. Marina o recebe alegre e afetuosa.

– Cansado, meu bem? Quer um uísque? Preparo pra você.

Borges tenta sorrir, mas não consegue ser amável, como gostaria.

– Hoje não dá pra uísque, Marina. Que mania

de achar que tudo se resolve com uma bebida e uma trepada! Essa eterna superficialidade dos jornalistas é ainda pior de aturar dentro da própria casa. Eu mesmo vou preparar um bom chá. Pode deixar.

– OK, OK. Estava só oferecendo. Não precisa ofender por isso – resmunga a mulher. – Eu ia mesmo fazer um chá pra mim; pode deixar que eu faço o seu também.

Na cozinha, põe as canecas com água no microondas.

Borges se atira em uma poltrona e tenta amenizar a grosseria:

– Estou chateado, Marina. Compreenda. O Escobar não me ajudou em nada, só falou daquelas teorias dele, cada dia mais extravagantes, e de gatos, o que me deixou ainda mais irritado. Não sei por que tive a idéia idiota de ir lá às vésperas de um concurso tenso como esse. E para completar, o trânsito estava infernal. Tá certo. Tá certo. Vou tomar um desses chás que você inventa.

A mulher fica em silêncio na cozinha e volta trazendo uma caneca de louça dinamarquesa, com um chá esverdeado e cheiro agradável de ervas. Sorri, põe a caneca na mesinha ao lado da poltrona e pergunta:

– Você não está preocupado com o concurso, não é? Pelo amor de Deus, não há uma pessoa no Rio de Janeiro que não saiba que esta vaga é sua. Não sei como o Estevão e a Helena entraram nessa… Aliás, esta mania de chamar o Esteves de Estevão, sempre me soa como piada.

– Claro que não estou preocupado. O que me irrita é a sensação de estar me submetendo a uma palhaçada. Esta vaga é minha, sim. Todo mundo sabe disso, como você falou. Eu espero qualquer coisa do Estevão, mas quando lembro que a Helena era uma amiga... uma grande amiga... Que hoje, pensando bem, não considero nem uma colega. Ficou insuportável! Essa doença do feminismo, que com certeza ela pegou no Canadá, é que a estragou. Reconheço que é boa professora, mas concorrer para titular, francamente! Não devia ter se candidatado... essa campanha contra ela, e que já se espalhou também entre os alunos, é bem merecida. O jornal-mural dos estudantes usou as matérias que saíram na imprensa sobre o concurso.

Borges toma o chá devagar, com satisfação. Levanta-se com a caneca na mão e vai para o quarto. Marina, da sala, tomando um chá avermelhado, cheirando a canela, observa o marido se despir, jogar as roupas no chão, tirar a sunga da gaveta e vestir. Depois de um último gole, sai sem uma palavra, batendo a porta, como quase todas as noites. É o ritual da natação, do qual ela não pode nem sonhar em participar. Marina relaxa. Vai até o aparelho de som, põe o CD de Maria Callas e aumenta o volume, embora não tenha o hábito de ouvir música alta. Sente que precisa deixar de ouvir seus pensamentos por alguns minutos.

Demora a ouvir o telefone. "Quem será o inconveniente, uma hora dessa?" Abaixa o volume e atende de má vontade. Ao ouvir a voz do professor Esteves, sorri.

– Não está, não, Estevão. Foi nadar. Ainda não conhece os hábitos do seu vizinho? Vai lá. Parece que, à noite, a piscina aqui do prédio é o Clube do Bolinha. Vai sim, ele vai gostar de ter alguém com quem competir, ou melhor, alguém para vencer. Ou você também é bom na água? Borges é ótimo, mas exagera, é claro. Gosta de fingir que é um garotão. Não, não, está tudo bem comigo; estou ótima. Por que você está perguntando? Não estou chateada, não, impressão sua. É minha voz, mesmo. Não houve nada. Boa noite.

João Maurício chega à portaria do prédio e fica olhando, examinando cada detalhe, as plantas, as esculturas, o mármore das mesas. Não ouve o porteiro, que pergunta com tom arrogante:

– O senhor está sendo esperado?

– Não – responde sem olhar o outro. – Eu ia passando, pensei em conversar com o professor Borges.

– Acho que o professor não está – diz o porteiro, pegando o interfone. João Maurício continua seu exame do luxuoso hall. Já é a segunda vez que o homem pergunta seu nome. Ele 'acorda' e diz o nome, com jeito manso, fala mineira. Nova consulta demorada ao interfone.

– Dona Marina disse que o professor está na piscina e que o senhor pode ir até lá – informa afinal o porteiro, apontando displicentemente o acesso à área de lazer do prédio.

Ele entra no play, àquela hora iluminado fracamente, mas avista logo a piscina ao fundo e ouve, antes de ver, um homem nadando com vigor. Lembra dos banhos de rio que tomava na companhia dos moleques de sua terra, cada um querendo saltar de mais alto – competição que jamais havia ganho –, as brincadeiras dentro d'água, as conversas, depois as roupas secando ao sol para não apanhar em casa... As boas recordações desaparecem de repente, quando se dá conta, com raiva, de que nunca mergulhou em uma piscina. Em nenhuma, quanto mais em uma daquelas, tão azul com a iluminação noturna, de baixo. Pára. Consegue ver agora o homem nadando. Constata, com irritação crescente, que o professor, vaidoso e competente, é também um bom nadador. "O filho da mãe é bom em muita coisa", pensa com mais raiva ainda e remói cada segundo daquele primeiro encontro com o mestre temido e respeitado na universidade. Do vexame que tinha sido para ele a tentativa de conversa. Desiste do papo daquela noite, que poderia ser agradável como outros que já tivera. Mas uma súbita melancolia tomou conta de seus pensamentos. Volta-se silenciosamente e vai andando em direção à saída.

O coronel Aristides Gonçalves estava inspirado. Assoviava *Carinhoso*, de Pixinguinha, enquanto fazia a ronda. Todo dia, ou melhor, toda noite ele fazia questão de inspecionar as áreas comuns do prédio antes de dormir. Era o momento em que voltava aos primeiros tempos do quartel. Sentia saudades da vida ativa. E o que alguns colegas não compreendiam: sentia mais saudade do tempo em que era um simples sargento do que quando era oficial superior. Como sargento mandava nos seus homens diretamente, não tinha essa frescura de gabinete, de papelada. Era o tempo de limpeza das armas, marchas forçadas, treinamento antiguerrilha. Tempo bom. E as farras, as mulheres... Claro que tinha orgulho de sua carreira, de ter sido reformado como coronel. Mas o trabalho de síndico não era o ideal para um homem como ele. Não podia gritar com os porteiros e faxineiros como fazia com os recrutas – e que bela voz de comando era a sua! Castigos, então, nem pensar. Mas, enfim, ainda era respeitado. Estava satisfeito. E hoje tinha mais um motivo para se orgulhar de si mesmo. Havia percebido um olhar mais que amistoso da moradora do sexto andar, que há tempos ele observava, cobiçoso, mas de longe. Começou a pensar na aproximação. Gostava do jogo da conquista. Afinal, para que aprendera tática no curso para oficial superior?

Parou de assoviar e de pensar na loura. O que era aquilo? Então tinham deixado uma bóia esquecida ou, pior, uma roupa caída na piscina? Na sua piscina?! Foi se aproximando, já mentalmente passando a maior descompostura no faxineiro da noite, quando achou que havia algo estranho com aquela coisa que boiava, iluminada pelos refletores que mandara instalar. Será que... Não ousou completar o pensamento. Parecia impossível, mas era o corpo de uma pessoa, imóvel; e parecia uma mulher.

– Ligue para o delegado Dantas agora mesmo! Depressa! – gritou para o porteiro, dirigindo-se ao hall de entrada. O homem, afobado, não achava, na gaveta da mesa, a lista com os telefones de emergência.

– Eu disse depressa, você não ouviu? Tem uma pessoa morta na piscina, seu palerma!

Ouvindo aquilo, o porteiro ficou paralisado, olhos esbugalhados. Um morto? Que história era aquela? O que quer que fosse, ia sobrar para ele, com certeza! O coronel já ia cobrir o homem de desaforos pela demora em obedecer suas ordens, quando se deu conta de que estava com o celular no bolso e tinha gravado todos os telefones de emergência. Fez a chamada para a delegacia.

Do outro lado, a voz sonolenta do detetive Queirós atendeu.

– Quero falar, já, com o delegado Dantas. Diga que é o coronel Gonçalves, do Parque das Andorinhas! É muito urgente!

– Não é possível que o chato do coronel queira que eu cuide de roubo de bicicleta a essa hora! Deixa que eu despacho ele logo – resmungou Dantas, que havia ficado até mais tarde no trabalho por causa de uma roda de samba que estava programada para aquela noite.

– Morta? Na piscina? Tem certeza? Já tem médico aí? Não? Pera aí, não mexe em nada. Vou mandar o Queirós praí. Pode deixar, ele vai voando. Vou acionar a perícia.

O detetive deu uma risada.

– Até que enfim, hein, consegui um cadáver num lugar bacana. Já estava cheio de ver atropelado embaixo do minhocão ou baleado na favela. Pra não falar em travesti com corte de gilete e ladrãozinho de carro. Cadáver em piscina? Muito chique!

No prédio, o porteiro, refeito do susto, quer olhar o corpo para saber quem é, mas o coronel-síndico dá ordens para que ele fique na portaria, e de olho bem aberto. Afinal, o suspeito podia estar escondido em algum lugar, esperando um bom momento para sair sem ser visto.

– Suspeito, coronel? O que o senhor tá dizendo? A criatura não se afogou?

– Não se sabe, Romualdo, não se sabe. Vamos esperar a perícia e a investigação da polícia. Vou ver se descubro quem é, se é mesmo uma moradora do prédio.

O coronel abre o armário do vestiário da piscina à procura de uma lanterna. Demora a achá-la.

– Isto aqui está uma bagunça. Vou reclamar amanhã com o Claudemir – resmunga em voz alta.

Na beira da piscina, escolhe o melhor ângulo para iluminar o rosto. Agora viu que é um homem, mas está agarrado a uma toalha, o que o fez pensar, no primeiro momento, que era uma mulher. O rosto dentro da água dificultava a identificação.

– Mas que diabo, parece o professor Borges! E se não estiver morto? Será que eu devia ter tentado socorrê-lo antes de chamar a polícia? – resmungou preocupado.

A dúvida não demorou a se dissipar. Ouviu os passos do detetive Queirós, que tinha vindo correndo, curiosíssimo.

– Tá mortinho, coronel, pode crer. Tenho prática em reconhecer cadáver. O delegado já chamou o médico e a perícia. Devem tá chegando. Quem é o cara?

– Crime envolvendo bacana é muito esquisito, chefe. A viúva começou a contar uma história de concurso na universidade... O coronel disse que o homem era cobra, dava aula até no estrangeiro, e agora vem essa conversa de fazer concurso... Eu, hein? Concurso está fazendo meu sobrinho, para a Caixa Econômica, e é uma anta.

– Queirós, que invenção de crime é essa? O homem se afogou. Não tem crime nenhum. Você tá querendo brincar de detetive de filme da tevê? Joga uma pá de terra logo nisso, rapaz. Não quero confusão naquele prédio. Sei o que estou falando. Aquele coronel é mais tinhoso do que você pensa.

– Não pode ser, delegado. O senhor me ensinou que as aparências enganam e desta lição eu gostei. O relatório da autópsia só vai ficar pronto daqui a quatro dias ou mais. Sabe como é o pessoal do IML... E essa morte é mesmo estranha. O pessoal que trabalha no prédio garante que o cara sabia nadar muito bem. Todo dia ali, cuidando do corpinho. Como é que morre assim, de repente, tchibum! Não podia sofrer do coração, com tanta disposição para exercício. Contaram que até jogo de tênis o homem encarava! Uma coisa eu digo, a mulher é enxuta e mais nova do que ele! Homem que é homem não pode relaxar, não. E se a mulher trabalha fora, então! E em jornal! Eu, hein? Mulher minha eu não deixava trabalhar em lugar cheio de homem debochado, como jornalista. Não deixava mesmo... Aliás, foi bom eu falar nisso; não posso descuidar da viúva, que acabou de entrar na minha lista de suspeitos. Vou dar uma prensa nela amanhã.

– Cuidado, Queirós. Pega leve. Tô avisando... Brinca, se quiser, mas com jeito. Você mesmo tá lembrando que a mulher trabalha em jornal... Vê lá, hein? Não vai fazer besteira que depois sobra é pra mim... e eu estou contando os dias para completar o tempo de serviço e pedir aposentadoria!

Marina está arrancando umas plantinhas do pequeno canteiro de ervas que tem na área, quando ouve a campainha tocar. Fica atrapalhada, sem saber o que fazer com os dedos sujos de terra e aquelas ervas na mão. Amassa as plantas, enrola em um jornal e joga na lixeira. Um segundo toque, imperioso, obriga-a a passar uma água rápida para tirar a terra grudada nos dedos e até no pulso e se dirigir à sala.

– Quem é? – pergunta, aproximando-se do olho mágico.

– Polícia! – responde uma voz masculina. Ela

abre a porta e reconhece o detetive que estava com o coronel na noite anterior, quando havia sido informada da morte do marido.

– Pode entrar e aguarde um minuto, por favor.

Marina dirige-se ao banheiro, fecha a porta e, com uma escovinha, limpa as unhas cuidadosamente.

Queirós sorri irônico, enquanto examina os livros, discos e quadros que enchem as paredes da sala. Fica tão absorto na contemplação daqueles objetos estranhos ao seu dia-a-dia, que não vê Marina entrando na sala.

– O senhor me desculpe, eu estava indo ao banheiro quando a campainha tocou. Quer falar comigo?

– A senhora é que me desculpe o mau jeito, madame, sei que está de luto, que já a incomodei ontem, depois que achamos o... o... seu finado marido, mas tenho que lhe fazer mais umas perguntas.

– Sente-se, Seu... como é mesmo o seu nome?

– Detetive Queirós, às suas ordens, madame.

– Está certo, mas, por favor, é uma conversa difícil para mim; gostaria que não me chamasse de madame.

– Ah, me desculpe, não sabia que a madame... quer dizer, que a senhora não gostava. Mas, não vou tomar seu tempo. Queria só que a ma..., que a senhora me dissesse se conhece o professor Esteves, que o porteiro viu na noite do crime.

– Crime? Meu Deus, o senhor está pensando em crime? O médico constatou um infarto. Que invenção é essa? Mas, enfim, conheço o Esteves. Ele trabalhava com meu marido, é professor do mesmo Instituto. E além disso, mora aqui no prédio, o senhor não sabia? Claro que o porteiro tinha que vê-lo. Mas por que o Romualdo falou no Esteves? Onde o viu?

– Aí é que está, ma... minha senhora. Esse Esteves passou pela portaria, não foi para o elevador do bloco onde mora, mas entrou no play – onde não costuma ir, pois pelo que apurei até agora, o único esporte que pratica é levantamento de copo... Achei estranho e queria saber se ele tinha intimidade com seu marido a ponto de procurá-lo enquanto está na piscina, exercitando-se.

– É, é estranho mesmo. Mas será que ele não quis passar por ali para cortar caminho? Bem, o trabalho de descobrir o que aconteceu é do senhor, não meu. O que me preocupa é o que vai ser de minha vida agora. Não posso nem pensar que estou... que horror é a palavra viúva, não é? Só agora me vejo diante desta realidade. Aliás, ainda nem acredito na morte do Borges. Nosso casamento era tão feliz...

– Marido fiel é difícil, mad..., dona Marina. O seu era?

– Não sei a que vem uma pergunta dessa agora, seu Queirós. Claro que era! Já disse que tínhamos um casamento feliz.

– Bem, desculpe ter falado nisso, mas é que ouvi boatos. Faz parte do meu trabalho. Às vezes um boato que parece bobagem acaba se tornando uma boa pista. Por exemplo, este rapaz, João Maurício, que esteve com o professor pouco antes do coronel descobrir o corpo... Os porteiros disseram não gostar do jeito dele. Era amigo do seu marido?

– Seu Queirós, meu marido tinha poucos amigos. Ele era mais amigo de livros e discos do que dos colegas. O João Maurício não era seu colega. Para falar a verdade, não sei direito o que ele é nem o que queria com meu marido. De vez em quando telefonava; veio aqui em casa uma ou duas vezes... Mas não cheguei a conversar com ele.

– E a senhora, dona Marina? Tem muitos amigos, colegas do trabalho mais chegados?

– Que conversa é essa agora, detetive? Claro que tenho, mas não vejo como isso interessa para sua investigação que, na minha opinião, é completamente absurda. Eu perco meu marido de forma trágica, de repente, e tenho que ouvir esse tipo de pergunta... Minha aflição é tão grande, o senhor fique sabendo, que ainda nem avisei minha sogra. Ela mora na Argentina, aliás, é argentina, e adora... adorava o filho. Tenho que arrumar coragem pra telefonar. A morte de um filho não é notícia que se dê por e-mail, não é mesmo? Por favor, podemos encerrar esta conversa, não?

– Tá certo, madame, tá certo. Aceite minhas desculpas. Já vou. Mas talvez ainda precise da ajuda da senhora. Muito boa tarde. Passar bem, dona Marina.

Depois que o detetive sai, Marina volta à área para ajeitar o canteiro e certificar-se de que retirou todas as mudas da plantinha maricaense. Jogou umas cas-

cas de fruta e outros restos de cozinha dentro do jornal e levou o saco de lixo para a coletora do prédio. Tranqüila, volta ao escritório para ligar para Mendoza, na Argentina, para falar com *la señora doctora* Borges. Logo que se identifica, a sogra pergunta:

– Alguma coisa aconteceu com Luís?

Marina estremece. Com voz débil, conta o que houve. A sogra não interrompe. Quando termina, ouve-a apenas dizer "nos falamos em breve", em português perfeito, embora com sotaque. Marina diz que ainda não pôde marcar a cremação e pergunta se deve avisar a data, para que ela possa estar presente.

– *No. No es necesario. No pretendo viajar. Muchas gracias* – é a resposta, sem mudança de tom, desta vez em espanhol. O telefone é desligado em seguida.

Marina, mais tarde, começa a examinar os papéis de uma das gavetas da escrivaninha do marido, separando contas, cartas e anotações esparsas, mas não consegue parar de pensar na reação da sogra ao seu telefonema. "Tudo bem que ela é psicanalista, não ia mesmo dar chilique, mas nem querer vir para a cremação? Que frieza! Provavelmente ela acha isso objetividade. Bem, vou separar as cartas que a *madrecita* escreveu para ele – devem ser pouquíssimas – e mandar tudo de volta para Buenos Aires. Afinal, pertencem a ela. Mas será que eu vou ter coragem de ler todas as outras cartas que estão espalhadas por essas gavetas? Tenho que ler. Mas bem que elas podiam estar arquivadas, arrumadinhas por autor, para facilitar..."

Tem uma sensação estranha ao ver alguns recibos de pagamento em cartão. Tem o direito de ver aquilo, que afinal é a intimidade de Borges e que ele defendia tão ferozmente? Olha um ou dois, um de um restaurante caro onde nunca foi, outro de uma loja de roupas masculinas... Decide parar e se concentrar nas cartas. Pega uma da sogra, e começa a ler. Praticamente não conhecia a mãe de Borges, que só os visitara duas vezes e, quando vinha ao Rio de Janeiro, fazia questão de ficar em hotel, o que, aliás, Marina achava ótimo. Apesar de achá-la estranha, tinha uma certa admiração pela psicanalista que criara o filho sozinha, sem nunca ter revelado quem era o pai. Uma feminista pioneira.

Reconhece um envelope no meio das cartas em desordem. Sua letra e um carimbo colombiano. Abre e lê, quase como se fosse um texto alheio. "Estou aqui neste congresso de bruxas, que devia estar me encantando, mas só penso no Rio, em você. Que saudade, amor! Ainda bem que é trabalho, a urgência de mandar as matérias para o jornal me distrai um pouco dessa vontade enorme de voar ao seu encontro." Os olhos enchem-se de lágrimas que ela não deixa cair. Fica fruindo aquela emoção, triste e gostosa ao mesmo tempo, de lembrar o começo do namoro, aquela primeira separação...

Estremece com o barulho da campainha. Quem poderia ser dessa vez, àquela hora, sem a portaria avisar? O detetive teria voltado? Fica tentando ver quem é pelo olho mágico, mas o hall está escuro. "O sistema está falhando outra vez. Que prédio bagunça! Esse condomínio altíssimo que a gente paga não adianta nada!", pensa, irritada. Mas afinal a luz se acende – como deveria, sempre que o elevador chegava ao andar. E ela então vê o Esteves, inquieto, andando de um lado para outro.

– Estevão, o que houve? Por que não interfonou antes? – pergunta, abrindo a porta devagar, como que relutando.

– O que houve? Você pergunta o que houve, Marina? Sou... era amigo do Borges, ora essa! Sou vizinho. Vim ver como você está, oferecer meus préstimos. Visita de pêsames. Não se usa mais?

– De você eu não esperava – responde ela, dura, mas fazendo um gesto para ele entrar.

Acomodado na grande poltrona, que normalmente era usada pelo dono da casa, Esteves começa a falar, manso, quase carinhoso.

– Pô, Marina, vim aqui numa boa. Sei que é duro perder alguém, ainda mais um marido como o Borges... Mas, você sabe que não sou de hipocrisias. Comigo, pode se abrir. Claro que ele também tinha um lado que devia ser muito desagradável para você. Quem não sabia disso? Com o tempo, minha amiga, vai até sentir um certo alívio...

– É uma maneira bem sua de apresentar condolências, Estevão. Quer tomar alguma coisa? Eu gostaria de ouvi-lo mais. Não sobre meus sentimentos, que não são da sua conta e sobre os quais você nada sabe. Queria ouvir você falar, por exemplo, de como foi sua conversa com o Borges na piscina naquela noite. Nunca soube. Acho que a polícia também não sabe...

– Aceito um uísque, Marina. Mas, que história de polícia é essa agora? Há alguma suspeita em relação à morte?

Ela vai servindo dois copos, com uma pedrinha de gelo cada, enquanto responde, lentamente, com voz impessoal:

– É. A polícia está investigando. Parece que o exame do médico legista não foi definitivo. Houve autópsia, você sabe. É obrigatório por lei, sempre que a morte não é natural, quer dizer, conseqüência de uma enfermidade. E ainda não se tem o resultado final dessa autópsia. É por isso que ainda não marquei a cremação. Borges provavelmente achava que não ia morrer nunca, mas quando falava no assunto era para dizer que queria ser cremado. Vou cumprir seu único desejo expresso. Mas, como eu ia dizendo, um detetive já esteve aqui em casa, xeretando. Perguntou até por você! Queria saber se era mesmo amigo do falecido, como ele diz quando se refere ao Borges.

– Você confirmou, não é?

– Eu, não. Por que vou mentir para a polícia? Desde quando uma pessoa como você tem amigos?

– Que é isso, Marina? Compreendo que você esteja amarga. E não só por causa da morte. Há algum tempo as coisas andam ruins, não é? Mesmo mulheres liberadas, como você, lidam muito mal com a infidelidade do marido. Aliás, sempre achei isso muito engraçado. É uma das incoerências típicas do seu sexo.

– Que conversa esquisita é essa, Estevão? Quer parar com isso? Fui gentil, estou recebendo-o bem... E você ainda não respondeu à minha pergunta. Como foi a última conversa que o Borges teve em vida, hein? Porque, entre a hora que você me ligou e disse que ia até a piscina, e a hora em que o coronel me ligou dizendo que tinham encontrado o Borges... bem, você sabe o que quero dizer... Não foi muito tempo, não. Deu para você nadar? O que vocês conversaram, afinal, que pode ter levado meu marido a ter um infarto?

– Que violência! Isto é praticamente uma acusação, Marina. Estou estarrecido com sua atitude. Francamente. Nunca vi você assim, com esse jeito duro... eu que vim aqui para lhe dar um pouco de consolo, para lhe oferecer um ombro amigo... E também, é verdade, com a intenção de falar das aventuras do Borges e provocar raiva em você, aliviando um pouco sua dor. É um método infalível, sabia? E no seu caso tenho certeza de que dará certo. Porque você tinha mais motivos do que eu para odiá-lo, não é? Confesse, Marina.

– Fique sabendo, senhor venenoso, que suas teorias sujas estão completamente furadas. Não sou o tipo de mulher que sabe que o marido tem um caso e continua vivendo com ele, não. Se fosse verdade essa história que você está inventando agora, de pura maldade, eu já teria me separado. Está pensando o quê? Que eu sou uma mulher qualquer, que se agarra ao casamento por medo? Só porque eu sou 'a boazinha'? Olha bem para mim e vê se eu tenho cara de vítima, de mulher traída conformada.

– Longe de mim. Não penso nada disso. Neste momento, aliás, em que estou olhando bem pra você, penso apenas que é uma viuvinha bem enxuta.

– Você é muito mais sórdido do que eu pensava, Estevão. Saia daqui! Saia imediatamente da minha casa, da minha vista, ou eu chamo o segurança do prédio.

Esteves saiu, rindo. Assim que trancou a porta, Marina abandonou a expressão de fúria que tinha usado para expulsá-lo e desabou em um choro convulso. Era a primeira vez que chorava, desde que o coronel Gonçalves lhe dera a notícia. Enroscou-se com uma almofada do sofá e deixou os soluços e as lágrimas fluírem. Ficou muito tempo assim, como uma criança desamparada. As lembranças mais diversas foram surgindo e se atropelando em sua mente, alimentando a mágoa que sentia.

Marina preferia não ter que almoçar com aqueles gringos. Mas a repórter, Leila, falava um inglês tão ruim que era melhor ela estar por perto. Matéria de moda agora era prioridade no jornal. Tinha desbancado até o tema culinária. "Meu Deus, que loucura, até pouco tempo atrás um novo restaurante era assunto mais importante para o caderno do que uma nova editora. E agora, qualquer menina brasileira que desfile em Nova York, Paris ou Milão é obrigatoriamente matéria de capa. Acho que estou ficando cansada da profissão. Ou o sacana do meu marido está me influenciando mais do que eu gostaria", pensa a editora, enquanto pega a bolsa para deixar a redação e ir até o restaurante onde haviam marcado o encontro.

O almoço acabou sendo divertido. E os dois americanos tinham adorado o restaurante ali na enseada de Botafogo, com os barcos à vista, aquela comida de turista... À saída, estavam todos satisfeitos e ficou combinado que as fotos com a nova *top model* seriam feitas ali mesmo, aproveitando o cenário que os encantara. Marina estava pedindo ao porteiro para arranjar dois táxis para o grupo, quando Leila, com a voz um pouco mais alta que de costume, pelo vinho tomado, diz, apontando:

– Gente, não é o seu marido que vai passando ali? É ele, sim! Faz sinal para ele parar, Marina!

Ela olha o carro que passa direto, dá um sorriso tranqüilo e nem responde. Se afasta de Leila e vai se despedir dos representantes da agência de modelos e instruir o motorista do primeiro táxi que chegara para deixá-los no hotel. Quando já estão acomodadas no outro táxi, Leila insiste:

– Nossa, Marina, você nem ligou. Que indiferença! E olha que ele estava com uma moça ao lado, você viu? E era bem bonitona. Que é que está havendo com vocês dois?

– Sossega, Leila. Já vi que você não pode beber no almoço, nem uma tacinha de vinho. Que bobagem! O Borges estava indo para o Instituto, que é ali pertinho, e deve ter dado carona a uma aluna ou colega, sei lá. Eu estou trabalhando e ele também. Você acha que eu ia ficar gritando para ele no meio da rua? Seria um comportamento bem infantil, você não acha?

– Desculpa, Marina, mas eu não seria tão racional, não. Diga a verdade: você nunca tem ciúme?

– Que bobagem de ciúme é essa, menina? Por que sentiria ciúme? Além do mais, ciúme é a coisa mais burra que existe, Leila. Acho um sentimento subdesenvolvido esta história de ciúme.

Ela tinha encerrado assim o assunto, não sem antes pensar, alarmada, que estava repetindo o Borges. Mas a frase dele, dita quando estavam com um grupo do jornal – o que para ela foi uma humilhação – era pior: "Amor é uma coisa muito subdesenvolvida."

Marina afastou rápido aquele pensamento e começou a discutir com Leila a página que iriam editar.

Uma noite, ao chegar em casa, estava animada, querendo falar de seu trabalho.

– Sabe qual é o assunto principal do caderno amanhã? Maridos que matam suas mulheres! Com essa suspeita que surgiu agora, quando descobriram que aquele ator, o Robert Wagner, brigou com a mulher, Natalie Wood, na noite em que ela se afogou...

Borges havia cortado com brutalidade.

– Descobriram o quê? Meu Deus, quanta ignorância! Na época todo mundo soube disso e a imprensa do mundo todo acusou, de certa maneira, o marido bonitão. Como vocês podem dizer que fazem jornalismo, se não sabem de nada! Eu, que tenho horror a essas bobagens, que nem sei nome de artista de cinema, sei dessa história de tanto que falaram nela. E vem você, e-di-to-ra de um caderno de cultura, dizer que é novidade? Pobres leitores. Ainda bem que não sou um deles. Cortei jornal da minha vida.

Marina sentiu o chão fugir de seus pés. Ela tinha caprichado tanto na chamada na primeira página... Jurava que aquela história era o maior escândalo! Tentou reagir, se defender um pouco.

– Mas isso foi há quase vinte anos! Eu era uma menina! Como podia me lembrar? A matéria chegou dos Estados Unidos apresentando o caso como uma grande novidade. Não tinha porque não acreditar que era um furo – um furo da *Vanity Fair*!

A tentativa que ela fez para se justificar piorou tudo. Borges estava de fato de muito mau humor naquele dia.

– Claro! Jornalista só sabe o que viu, o que aconteceu nos últimos seis meses. Você sabe que Napoleão foi derrotado em Waterloo? Ah, não, coitada, como pode saber se isto aconteceu quando você não tinha nascido... E ainda por cima, não existem arquivos, não há Internet... Chegou a notícia, acredita nela. E não vem com a desculpa de que ninguém tentou lhe ensinar, não. Você não deve lembrar, mas eu me lembro bastante bem daquela sua professora, como era mesmo o nome dela? Só sei que você ainda estava na faculdade, e não devia prestar nenhuma atenção à aula, porque essa professora um dia, lá no Degrau, começou a falar em apurar, checar, de uma forma que eu nunca esqueci. Engraçado, não é? Mas posso ver com nitidez, até hoje, a expressão luminosa do rosto dela enquanto falava, com um entusiasmo enorme, da beleza, dos diversos sentidos da palavra apurar... Uma mulher muito interessante...

Para felicidade de Marina, aquela recordação de tantos anos atrás, que ela tinha esquecido completamente, fez Borges sorrir e se acalmar. Ela ficou pensando nos outros jornais. Iriam embarcar, como ela, na "novidade", ou fariam a crítica feroz, como o Borges? "Tomara, meu Deus, que não haja nenhum Borges nas outras redações", desejou, em silêncio. "Também, esse chato tinha que saber até fofoca de artista de Hollywood!"

Saiu da sala e foi refugiar-se na área, na companhia de suas plantinhas. Enquanto tirava um ou outro matinho que tinha surgido entre os pés de hortelã e cebolinha, pensava na sua primeira horta, que ela e o irmão tinham feito no sítio. A lembrança dos dois surpreendendo a mãe com pés de alface já crescidos trouxe-lhe uma grande paz.

A notícia da morte do professor Borges caiu como uma bomba no Instituto. Todo mundo queria saber detalhes e, em grupos, falando muito, funcionários, professores e alunos se dirigiam ao gabinete da diretora, como se ela tivesse as respostas para todas as perguntas.

– Minha gente, por favor. Eu só soube do que aconteceu quando cheguei aqui. Ainda estou em estado de choque. Como foi isso? Quem pode me contar o que houve exatamente? Fale um de cada vez, senão vai ser impossível entender o que houve com o professor Borges e o que está acontecendo aqui, agora.

– É que ninguém sabe de nada, professora. Só que... só que ele está morto. Eu estou tremendo até agora com a notícia. Fui ao Departamento do Borges, quer dizer, do professor Borges, para saber se ele tinha chegado e encontrei a secretária chorando, sem conseguir falar. Sabe como ela a-do-ra-va o chefe, né? Então me contaram; mas não sabiam de nada direito.

Priscila, a aluna da pós-graduação que se dirigira a Ana Lúcia, falava nervosa, descontrolada, com um riso tenso e o grupo que estava no gabinete olhava para ela com espanto, fazendo perguntas, tornando tudo ainda mais confuso.

Quando a diretora estava tentando estabelecer uma certa ordem, entra Esteves, afobado, dando ordens:

– Vocês querem todos sair, por favor? Tenho que falar com a diretora, agora!

A sós com Ana Lúcia, o professor faz um ar de indignação e a interpela:

– Que história é essa de polícia aqui dentro do Instituto? Onde está a tradição de liberdade e autonomia da universidade, senhora diretora? Foram para o espaço?

– Calma, Estevão. Acho que você já sabe que o Borges morreu, não sabe? Daí esse tumulto que havia aqui no gabinete. E eu estou preocupadíssima com a Marina. Você deve saber que eu gosto muito daquela moça. Mas, felizmente, acho que ainda não há polícia nenhuma dentro deste Instituto, não.

– Como assim, não há? Você continua completamente por fora, Ana Lúcia? Não só há polícia como eu já fui interrogado, fique sabendo!

– Como é que é? Interrogado? Por quem?

– Sei lá. Fiquei tão furioso que não peguei o nome do cara. Disse que era detetive e ficou me perguntando umas coisas sobre o Borges, mas também sobre meu passado, você sabe...

– Não sei, não. Estou por fora.

Ana Lúcia pôs todo o sarcasmo que pôde na resposta. Não havia nada pior do que ter que conversar com aquele professor que, além de lhe fazer oposição cerrada e permanente, tinha o hábito de insuflar os alunos, que o viam como um verdadeiro Che Guevara. Ah, que vontade de contar tudo o que sabia, de como o esquerdismo dele era falso, do papelão que ele sempre fizera... Mas, não. Era assunto doloroso para muitos amigos e ela não tinha o direito de ventilá-lo. Muito menos agora, que era diretora; tinha que ficar neutra diante das brigas de grupos dentro do Instituto. Ela era da antiga, como muitos diziam; acreditava ainda que, passada a disputa eleitoral, a direção tinha que ser de todos. Mas

Estevão, é claro, pensava bem diferente. E insistia, com o tom autoritário de sempre:

– Como é ? Você vai tomar alguma providência ou vai ficar inerte, em cima do muro, como sempre?

– Que providência quer que eu tome, professor Esteves? O que me interessa e preocupa agora é saber o que realmente houve com o Borges, como está a Marina, como fica o concurso... Tenho muita coisa séria em que pensar para ficar ouvindo suas interpelações. E se há algum policial andando pelo Instituto, vou pedir à nossa segurança que o identifique e que o faça vir aqui. Estranho um policial lhe fazer perguntas sobre o Borges... Ele não se afogou? Pelo menos foi a notícia que chegou por aqui.

– A polícia é que acha estranho um cara como ele, jovem e forte, se afogar numa piscina, e justamente nas vésperas de um concurso... E também sou desta opinião. Sua amiga Helena deve estar contente por ter se livrado do vexame que ia ser disputar a vaga com ele – e comigo, modestamente. A quem aproveita o crime... Conhece este princípio de histórias de detetive, não é, professora?

– Tudo tem limite, Estevão. Saia daqui imediatamente. Não quero mais ouvir suas sandices...

– Só porque acusei a amiguinha está perdendo a calma, diretora? Prepare-se, você ainda não ouviu nada.

Após a provocação, Esteves saiu. O pessoal tinha se dispersado. Ana Lúcia mandou chamar a secretária de Borges, que, ainda chorosa, contou o que sabia. O professor havia morrido na piscina do prédio em que morava, e a polícia estava investigando. Havia um detetive fazendo perguntas e já passara pelo departamento dele, pedindo lista dos professores e tudo mais.

João Maurício preferia não ter que ir ao Instituto por uns dias. A notícia da morte do Borges, a chamada à Delegacia, onde passara maus momentos respondendo ao interrogatório do Queirós, tendo que justificar cada passo que dera na noite de sábado, a lembrança da desconfiança que via nos olhares de alguns professores quando ele passava, tudo agora o incomodava.

"Que merda, logo agora que eu começava a me dar bem. Até o emproado do Borges já conversava comigo, já reconhecia que eu não era um borra-botas qualquer... Mas, vamos lá, que eu tenho que ganhar a vida. Ainda não arranjei quem me pague as contas", pensava ele, descendo do ônibus em frente ao hospital vizinho ao Instituto.

Lá dentro, preferiu não passar pelo corredor com as salas dos professores, e foi direto ao café onde o pessoal da pós-graduação se encontrava entre as aulas. Deu azar. A primeira pessoa que avistou foi a diretora, Ana Lúcia, que sempre evitava. Conhecia bem sua fama de "certinha" e sabia que, se descobrisse a atividade que exercia ali dentro, as coisas iam ficar muito ruins, se não acabassem para ele. Aconteceu o pior. Ela lhe fez um sinal bem explícito e foi se aproximando. Não havia como escapar.

– Escuta, como é mesmo o seu nome? Ah, já sei, Maurício; o rapaz do café me disse. Tudo bem, Maurício? Você se importa de vir a minha sala um instante? Precisava muito lhe falar.

Não deu para sair um sorriso muito franco, mas ele conseguiu ser quase natural:

– Claro, com prazer. Agora?

Ana Lúcia não se deu ao trabalho de responder. Foi andando firme em direção ao gabinete; sabia que ele vinha atrás, estava acostumada a ser obedecida.

A sós com o rapaz na sala, seu território, sorriu amável e ofereceu a cadeira em frente à sua:

– Sente-se, por favor, Maurício.

– Meu nome é João Maurício, professora. Mas, em que posso lhe ser útil?

– Para falar a verdade, queria apenas matar uma velha curiosidade. O que faz aqui no Instituto? Você não é aluno, não é professor nem funcionário administrativo. Mas estou sempre vendo o senhor pelos corredores. É possível me contar por que freqüenta esta escola? Afinal, sou a diretora. Gostaria de saber o que se passa aqui dentro.

Há muito que João Maurício temia essa pergunta. Não esperava que ela viesse tão direta. Mas estava preparado. Olhou tranqüilo para Ana Lúcia e começou a falar com voz firme, embora bastante baixa.

– Professora, desculpe nunca ter vindo aqui, eu mesmo, lhe explicar a minha presença. É que não queria tomar seu tempo e não tinha idéia de que tivesse despertado qualquer curiosidade. É simples.

Mas não é uma história curta. Espero que tenha paciência o suficiente para ouvi-la.

– Estou com tempo, estou com tempo, senhor João Maurício.

– Bem, eu sou de Caratinga, Minas Gerais. A terra do Ziraldo, a senhora sabe. Pois bem, lá fiz os estudos de primeiro grau e comecei o segundo, mas desde muito pequeno queria ser escritor. Vivia na biblioteca, devorando livros traduzidos e também os brasileiros. Não havia livros lançados recentemente, mas havia tudo que era clássico de literatura. Li muita coisa, nem escolhia; ia pegando e lendo. Confesso que me encantei mesmo foi com os romances ingleses do século XIX, com os livros de Thomas Hardy, principalmente. Aliás, a senhora já leu *Judas, o obscuro*? Considero este livro...

Ao notar o leve ar de impaciência que Ana Lúcia fez questão de demonstrar àquela altura, ele refreou o entusiasmo que sempre o invadia quando falava daqueles livros mais queridos e com voz baixa, um tanto monocórdica, continuou:

– É que lá, naquela pequena biblioteca de livros já bem velhos, eu podia ler, mas não tinha com quem conversar sobre literatura. A família era pobre, todos achavam um absurdo eu ficar lendo em vez de dar duro atrás de um balcão qualquer. Resolvi, então, vir para o Rio de Janeiro. Aqui, consegui um emprego em uma biblioteca pública e pude retomar minhas leituras em paz. Não ia quase ninguém lá, só um ou outro aposentado que queria mesmo era ler jornal. Então sobrava tempo para ler um bocado. Descobri a literatura brasileira recente, a sociologia, a antropologia. Mas não tinha como entrar em uma faculdade. Faltava completar o segundo grau e, sinceramente, não queria fazer esses supletivos que existem por aí. E mesmo que fizesse, não pretendia estudar Letras, nem mesmo Ciências Sociais, que seria o caso. Cheguei a analisar o currículo e os programas da faculdade. Continuo mesmo é querendo escrever; aliás, há muito que rabisco umas coisas e vou guardando, reescrevendo, guardando outra vez. Aqui, professora, encontro pessoas que conversam sobre as coisas de que eu gosto. É isso. Simples, não?

– É uma bonita história. Alguns professores daqui a chamariam de paradigmática. Mas não entendo por que o detetive que está investigando a morte do professor Borges o chamou para interrogatório?

– Eu fui procurar o professor, justamente na noite em que ele morreu. Cheguei a vê-lo nadando na piscina. É difícil acreditar que, nadando tão bem, parecendo um garoto, fosse morrer daí a pouco. Enfim, se o policial está querendo inventar um assassinato, eu sou suspeito, a senhora entende?

– É. A polícia está trabalhando também com a hipótese de morte criminosa. Eu queria muito que fosse invenção. Chega de problemas por aqui. E a morte do Borges já é fato bem lamentável. Não precisa deste acréscimo. Obrigada, João Maurício. Foi bom conhecê-lo um pouco.

O rapaz teria ficado espantado se visse o sorriso satisfeito que iluminara o rosto da severa professora à sua saída. "Que curioso, este rapaz me falar de *Judas, o obscuro*! Como eu lembro, como se fosse ontem, do dia em que, na faculdade, o Carlos me convidou para o café e me falou de Thomas Hardy com entusiasmo. Pode parecer absurdo para muita gente, mas acho que foi naquele momento que me apaixonei por ele. Como era bom ouvi-lo falar de um autor que o encantava! E o livro do Thomas Hardy que ele me emprestou naquele dia foi exatamente o *Judas*, com a recomendação de que era o romance favorito de Carpeaux, imagina, logo do velho Otto Maria Carpeaux, que era nosso guru! Depois ele achou graça quando contei que tinha chorado muito ao ler o livro. Carlos era bom e doce, mas não mostrava as emoções. Eu, tão derramada e transparente, só aprendi a me controlar depois que ele se foi..."

A porta aberta pela secretária trouxe a diretora de volta ao presente, aos problemas vulgares de sala de aula com lâmpada queimada, professor doente, aluno pedindo trancamento de matrícula... E ela que pensava que teria tempo, naquele cargo, de lidar com melhoria de currículos, desenvolvimento de pesquisas, convivência universitária... Que desilusão! Sonhara tanto em ser diretora daquele Instituto, ao qual se dedicara a vida toda, para realizar o que cobrava dos seus antecessores, e tinha se tornado uma mera síndica. E pedinte. Só ia à Reitoria para falar de verbas, de material faltando, de abertura de concurso para professor-substituto – sim, porque de professor permanente já tinha desistido. Não adiantava argumentar. Eram as medidas de economia do governo, que pareciam ser tomadas no sentido de desprover a universidade dos meios básicos para melhorar o atendimento ao estudante e à comunidade.

João Maurício saiu do gabinete da diretora mais tranqüilo. "Se ela sabe que eu faço trabalhos para alunos e finge que não sabe, tudo bem. Se ainda não sabe, melhor ainda. Vou continuar a ganhar meu dinheirinho, o mais discretamente possível. Não vou abandonar a posição que já alcancei. E as duas conquistas que coroariam minha carreira de *ghost writer* estão agora reduzidas a uma. Ficar amigo do Borges, não dá mais; agora preciso me empenhar para me tornar mais que amigo da bela – e rica – Priscila. Tenho lá minhas suspeitas de que, com a morte do Borges, me livrei de um rival. Mulher se liga mesmo em intelectual..."

Sorriu, confiante, lembrando do primeiro encontro que tivera com aquela moça esnobe, que, além da pós-graduação no Instituto, fazia sua formação psicanalítica com o famoso Magno, o que o obrigara a estudar teoria, até o complicado Lacan. Encontraram-se ali, no começo do grande corredor das salas de aula.

Priscila tinha feito um verdadeiro exame em João Maurício. Notou a camisa bem passada, mas meio desbotada. Enfim, o ar de "pobre limpinho". Perguntou, desconfiada:

– Você é bom mesmo em literatura? – O rapaz olhou direto e firme para ela, sem deixar transparecer qualquer emoção.

– Não sei. Depende do que você quer.

A moça perdeu logo o ar de patroa enjoada que está examinando candidata a empregada doméstica e explicou:

– É que me falaram tantas coisas sobre você... A Vanessa garante que faz qualquer trabalho e que a gente tira um A na certa... Preciso entregar, até segunda-feira, um trabalho para a Helena Bernardes, não sei se você conhece. Ela é fera. Dizem até que é candidata agora a professor titular, contra o Borges. Enfim, eu escolhi um livro para dissertar sobre, e nem consegui ler o tal ensaio, muito complicado. Será que você...

– É só dizer quantas laudas e se aceita o preço que vou cobrar – disse João Maurício, com o mesmo ar indiferente e seguro que aprendera a usar com todos, estudantes, professores ou funcionários da universidade.

– Nossa! Que objetividade! Tá bom... São de oito a dez laudas e já sei que você cobra 50 por lauda. Não é? Se é, tá combinado.

Ela lhe passou o livro e o cheque que já tinha preparado.

– O restante eu pago na segunda-feira, OK?

– Tudo bem. No café da livraria, às 10 em ponto.

Saiu satisfeito. Primeiro, a moça era linda! "Tomara que fique freguesa." Depois, já tinha feito, no semestre anterior, um ensaio sobre aquele mesmo livro. Era só disfarçar bem no começo, mudar umas duas citações... Enfim, trabalho fácil. Aliás, com o tempo, era cada vez mais fácil escrever para os alunos que podiam pagar e não queriam estudar. Os livros indicados pelos professores não variavam muito; ele já tinha um bom estoque de trabalhos prontos.

Decidira aproveitar e passar na sala do professor Borges. Admirava o Borges. Queria muito se aproximar dele, quem sabe ficar amigo, freqüentar a casa... Era o que lhe faltava para entrar na roda dos "cardeais" da universidade e daí, quem sabe?, na elite intelectual do Rio. Até então ele só tinha conhecido alunos de pós-graduação e mesmo assim para contatos rápidos de compra e venda de trabalhos acadêmicos. Alguns professores conversavam com ele. Mas o Borges era o Borges. A chave daquele mundo que ele tanto ambicionava.

Deu um leve toque na porta e abriu. A sala estava vazia. O computador ligado, com uns desenhos de Matisse ocupando a tela. Ficou contente por haver reconhecido o traço do pintor francês. Era um bom começo para a conversa, para impressionar o professor durão.

Seu contentamento foi subitamente esfriado pela voz cortante do Borges atrás dele.

– Que é isso, rapaz? Quem deu ordem para entrar na minha sala?

Descontrolou-se, e isso o irritava. Gaguejou.

– Eu.. estava procurando o senhor...

– Pra quê?

– Nada de especial, só uma conversa.

– Não tenho tempo para conversa fiada e não sei quem você é.

O tom era de ponto final. Borges passou por ele como se não existisse ninguém ali e trancou a porta por dentro. João Maurício engoliu em seco e teve que, às pressas, armar um meio sorriso para uma aluna que se aproximava no corredor e para quem ele já havia escrito um trabalho sobre o *Concerto carioca*, de Antonio Callado.

Essas lembranças não o abateram. Ao contrário, João Maurício ficou satisfeito. Afinal, não tinha se passado nem um semestre e a situação era outra. Já tinha ido à casa do Borges mais de uma vez e encontrado gente interessantíssima. Até um embaixador, poeta, com quem tinha conversado muito e que era fã do Murilo Rubião, autor de quem ele também gostava muito. Fora um papo animado, amigável e tinha lhe rendido um convite para uma outra reunião, de um pessoal do Pen Clube, que era um clube de escritores que ele nem sabia que existia quando chegou ao Rio e do qual o embaixador fazia parte. Coisa fina. Lugar bom para encontrar até gente da Academia Brasileira de Letras, porque havia vários acadêmicos entre os sócios. O presidente do clube era o acadêmico Almir Madeira e tinha sido amabilíssimo com ele. Como sonhara, naquela biblioteca de Caratinga, em conhecer um acadêmico! Em breve, tinha certeza, seria convidado para um daqueles chás das quintas-feiras na sede da Academia, onde os imortais se encontravam antes de se fecharem em reuniões secretas. Sabia tudo sobre a Academia – já tinha devorado os livros de memórias de Josué Montello, não perdia reportagens sobre exposições e seminários, acompanhava cada eleição. Mas sabia muito bem planejar seu caminho, degrau por degrau. Ainda não era hora de pensar no fardão. Por isso não começara a freqüentar o Petit Trianon. Esse tempo chegaria. Enfim, estava indo muito bem e tinha que se concentrar em um único alvo. Se Priscila ainda não olhava para ele com aquele olhar com que ele a tinha visto contemplar o Borges, já estava bem amável, até se permitindo conversas pessoais.

Helena ouviu estarrecida a notícia da morte do Borges. Chegou a lhe doer no estômago. Concluiu que a relação entre os dois era uma história longa, triste e tortuosa. Apesar de tudo o que vinha sofrendo por causa do concurso, principalmente nas últimas semanas, não tinha raiva dele. Tentava entendê-lo, saber por que a tinha escolhido para inimiga, logo ela, que o admirava tanto, que tivera uma rápida paixão por ele – das muitas que curtira sozinha, sem o outro saber, depois do fracasso de seu primeiro casamento e antes de encontrar Antônio. O fato é que aquela morte a deixava completamente perturbada. Tinha se concentrado no concurso e só pensava em mostrar a todos que não era apenas a simpática, a professora querida, que abria caminho para seus alunos, mas que tinha competência, como qualquer Esteves ou Borges. Sabia que era difícil, mas podia vencê-los, sim. Aliás, o Estevão nem interessava. O problema era o Borges. Era... Que é isso, agora? Já começara a pensar no colega, no ex-amigo, no ex-quase namorado, no concorrente, com os verbos no passado. Que vazio estranho...

Começou a arrumar seus livros devagar, o material que tinha trazido para sua exposição, para ajudála no interrogatório... Que idéia pensar nessa palavra para a inquirição do concurso! Há quanto tempo fazia força para não pensar em interrogatórios, prisão, polícia...

Um toque na porta a fez pensar em Márcio, seu aluno, que ficara de levá-la para casa. Ela tinha proibido o marido de acompanhá-la ou assistir aos debates. Aliás, Antônio não fizera nenhuma questão. Tinha até acertado naquele dia uma excursão com alunos particulares para fotografar os manguezais do fundo da baía de Guanabara. Não gostava de se envolver no trabalho da mulher, o que era perfeito para Helena. Por um rápido momento, pensar naquele entendimento tão bom que tinha com o marido, naquele amor que incluía o direito à privacidade, deu um certo alívio a suas aflições.

Não era Márcio. O homem que entrou em sua sala era um estranho. De terno cinza, gravata florida, suando, cabelos pretos bem penteados.

– A senhora é a professora Helena Bernardes? Sou o detetive Queirós.

Helena ficou parada, ou melhor, paralisada.

– Como é? – perguntou depois de um tempo. O homem estendeu a mão, que ela apertou automaticamente. Ele puxou uma cadeira e sentou-se, enquanto pedia licença, distraído.

– Estou investigando a morte de um professor aqui da escola. Queria lhe fazer umas perguntas, se não se importa.

Sem saber como, ela o encarou tranqüila, como se tudo aquilo fosse muito natural, e disse, polida:

– Pois não.

Para as perguntas que ela normalmente consideraria absurdas – "onde esteve sexta-feira à noite?", "como era seu relacionamento com o falecido?", "conhece a mulher dele?" "como se dava com ela?" "é casada?" "seu marido também é professor?" – que o policial ia fazendo dava respostas precisas. Parecia um sonho, em que ela ouvia o que estava sendo dito, mas não sabia exatamente o que estava acontecendo. A entrada do aluno na sala fez com que ela despertasse.

– Desculpe – disse Márcio, tímido. – Não sabia que você estava com alguém aqui. Quando quiser ir para casa, me chame; estou aqui ao lado.

– Tudo bem, Márcio, obrigada. Esse é o detetive... Queirós, o senhor disse, não foi? Ele está aqui me fazendo umas perguntas... sobre o professor Borges.

Queirós, amável, levantou-se e interrompeu a saída do rapaz.

– Não, não vou mais perturbá-la, professora. Pode ir com o jovem. Qualquer coisa eu lhe procuro. Pode me dar o endereço de seu domicílio, por favor?

Helena pegou um cartão do Instituto, escrevendo rapidamente seu endereço de casa no verso. Sentiu uma enorme sensação de cansaço quando estendeu a mão para se despedir daquele homem incrível, que se referia ao Borges como "o finado" e que a fazia lembrar dos tempos terríveis que tinha passado e que eram seu eterno pesadelo, mesmo depois de trinta anos. No carro, com Márcio, fechou os olhos e começou a pensar nas coisas desagradáveis e estranhas que vinham acontecendo desde que se inscrevera no concurso de professor titular, até aquele desfecho absolutamente impensável. Sua última aula, por exemplo, tinha tido lances tragicômicos.

Chegara um pouco atrasada, carregada de livros. O pequeno grupo de alunos, todos fazendo dissertações de mestrado sob sua orientação, já estava na sala, conversando animadamente. Tinha certo orgulho de reconhecer que esses encontros eram sempre cheios da energia que ela passava.

– Vamos hoje então ouvir o Márcio, que vai falar sobre... É o livro do Silviano Santiago seu tema, não é? Bem, o Márcio vai fazer as observações dele e depois cada um vai dar seu ponto de vista. Tá certo?

Márcio começa a falar devagar, até com certa dificuldade. Vai tentando provar que o tema do livro, *Em família*, é a memória; lê passagens em que fotografias assumem grande importância na narrativa; expõe algumas teorias sobre memória social.

Priscila interrompe-o bruscamente:

– Não concordo, não. Para mim, o tema deste livro não é família nem memória; é a dor.

Paciente, Márcio concorda em parte.

– É claro que a dor é ingrediente forte neste livro. Mas o que está colocado, o que está sendo dito é que a memória se constrói...

– Mas, cara, até no nome das cidades onde a história se passa o autor dá a dica de que é de dor que ele fala. Repara: Formiga e Pains. *Pain* é dor em inglês, Márcio!

Helena se controla para não rir e espera a resposta de Márcio.

– Priscila, eu conferi no mapa de Minas. Pains é uma pequena cidade, perto de Formiga, onde, aliás, o autor do livro nasceu.

– É incrível como vocês se apegam aos dados factuais, esquecendo o simbólico. Pode até existir um lugar chamado Pains, mas é claro que, aqui, o sentido da palavra é *pain* – retruca, impávida, Priscila, acentuando bem a pronúncia inglesa.

O resto da turma "psi" fica em grande alvoroço, e as teorias pipocam. Quando alguém fala do tio, personagem do livro, o debate fica mais confuso, porque uma aluna da área de antropologia começa a falar da importância do tio em certas tribos. Os mais diversos parentescos começam a ser discutidos. Márcio não consegue retomar o controle da situação. Helena percebe que não tem o menor desejo de dizer qualquer coisa sensata, enfim, de salvar a aula. Deixa que a discussão continue. O livro foi inteiramente esquecido; cada um só quer exibir seus conhecimentos ou apenas provocar os outros. O tempo se esgota. "Que bom!", suspira Helena, com a cabeça inteiramente no concurso.

À noite, em casa, desabafara com o marido.

– Estou cansada dessa universidade, Antônio. É muita intriga, muita competição. E também muita enganação. Este concurso está me deixando completamente estressada. Acho que vou desistir, viajar, espairecer...

Antônio parece que não está ouvindo. Olha para uns negativos, na sua mesa de trabalho iluminada por baixo, muda as tiras de filmes do lugar, observa mais atentamente... Mas quando vê que Helena está olhando para ele, meio espantada e meio ofendida com o seu desinteresse, responde, com doçura:

– Olha, meu bem, você diz isso, mas eu tenho certeza de que você adora a universidade. E se você desistir do concurso agora, não vai se perdoar nunca. E ainda vai ficar zangada comigo, garanto. Vai achar que não lhe dei força.

Muda de tom e pergunta, provocativo, mas bem-humorado:

– Você não está com medo do Borges, está? Eu até que não achava ruim ver você com medo, não. Sempre tão valentona...

– Que medo, quem está com medo? Estou cansada. O memorial até que foi engraçado fazer. Deu trabalho, mas foi engraçado. Agora, esta aula...

Quer dizer, chamam de aula, mas é uma conferência. Só que a gente tem que fingir que é aula. Enfim, estou exausta...

– Vem cá, vem ver estas fotos do sertão inundado. É melhor do que ficar descobrindo meios de convencer aqueles machistas idiotas de que há uma literatura feminista respeitável.

– Mas meu tema não é esse, não. Imagina se eu vou falar em feminismo em frente àqueles trogloditas. A questão que vou abordar é que, através do texto feminino é possível detectar as marcas desse tempo que vivemos, o tempo de pós-modernismo, pós-estruturalismo, pós-feminismo mesmo... Veja, por exemplo, essa peça, *Monólogos da vagina*. Não é incrível? Vai ser levada até aqui no Rio! Foi depois que li o texto e algumas reportagens e críticas estrangeiras à peça que abandonei inclusive aquela idéia anterior de pensar uma nova tipologia do discurso, uma maneira inovadora de detectar as marcas de gênero, enfim, a questão da escritura feminina hoje...

– Tá vendo? Por isso dá estresse. Vocês ficam o tempo todo definindo, ou tentando definir as coisas. Mas o que vou lhe mostrar não precisa de definição nem explicação. É só olhar e curtir. Venha. Espaireça em casa mesmo...

Helena ri, desliga o computador, se aproxima, beija o pescoço do marido e esquece por um tempo o concurso, ao lado dele, olhando as fotos de Canudos inundada, o sertão virado mar depois da barragem.

Calazans, editor da seção de Cidade do jornal, tinha achado uma bobagem a idéia de uma matéria sobre um concurso interno de universidade.

– Quem está interessado nessas coisas, Pereira? Notícia de universidade só se houver um assalto espetacular, bala perdida, ou se descobrirem uma vacina para a Aids. Por menos não abro espaço.

– Rapaz, o leitor quer fofoca. Não se interessam mais por assaltos. É uma universidade pública. O chefe vai gostar de uma reportagem sutilmente desmoralizadora, mostrando que todo mundo neste país está precisando de aulas de ética.

– Se você está disposto, vá em frente. Depois eu vejo se vale a pena – decide Calazans, ainda aparentando desinteresse.

– Não quero que você abandone a matéria sobre a companhia de água, porque o jornal tem o maior interesse nessa privatização. Temos que mostrar uma empresa, administrada pelo Estado, que está completamente falida, com os serviços deteriorados. Quanto mais exemplos e detalhes, melhor, você sabe. Não vai inventar nada para escapar dessa, não, seu espertinho. Você tem só mais dois dias para apresentar a primeira reportagem da série.

Esteves chegou ao Espírito do Chopp às 20:15. Gostava de ser pontual, mas nessa noite, para o encontro com o repórter, demorou um pouco a sair de casa de propósito. Pensou em fazer o outro esperar, mas Paulo Pereira teve a mesma idéia. "Pô, chegar na hora é coisa de gente certinha, de apressado. Pega até mal com este professorzinho metido."

Esteves já está com o chope quente, furioso, mas tem que disfarçar; não pode nem pedir outro, para não dar bandeira de que ficou esperando. Pensa em pagar aquele primeiro, para se livrar da 'bolachinha' denunciadora, mas também não acha graça na solução dispendiosa. Tem esperança de que o jornalista pague a conta. "Preciso desse puto desse repórter; vou ter que aturar!"

O jornalista chega fazendo ar de que está tudo perfeito, dá um "ôi, tudo bem?" amável e senta.

– Tudo certo no jornal? – arrisca o professor, ansiando por uma desculpa pelo atraso. O outro não morde a isca.

– Tudo na mesma... E na universidade, como é?

Esteves pede o segundo chope e começa a destilar seu veneno.

– Rapaz, imagino que numa redação deve acontecer coisa semelhante, mas é inacreditável o que acontece naquele Instituto. Você sabe, ser professor titular é o sonho de todo mundo. O melhor salário, muito prestígio. Se eu conseguir a vaga, pretendo me aposentar pouco depois e pegar um bom cargo numa universidade particular. Com as avaliações que o ministério anda fazendo, elas estão atrás de professores com titulação. Mas está difícil. Não por causa do Borges, embora a opinião de todo mundo é a de que ele é imbatível. E isso não existe. Mas tudo indica que a direção do Instituto está armando para a professora Helena Bernardes ganhar. É um escândalo. A imprensa tem que divulgar essas coisas. Afinal, é o povo que paga a universidade pública; tem que saber o que se passa lá dentro.

Paulo ri com um ar cínico e faz a primeira pergunta:

– Qual é seu interesse nisso? Denunciando, você tem mais chance de vencer?

– Entenda, rapaz. Não estou aqui para defender interesses pessoais. A matéria é boa. Estou apenas querendo cooperar. Pensei que éramos amigos. E, é claro, estou pensando no Instituto. Quero ver o lugar onde trabalho, onde desenvolvo minhas pesquisas, livre dessas sujeiras. Você sabe que sempre fui um lutador. O pior da história é justamente que, por ter sido perseguido durante a ditadura – você sabe que fui preso, não é? – agora também esse pessoal neoliberal quer me ferrar. A banca foi escolhida praticamente pela Ana Lúcia, que todo mundo sabe que torce pela Helena Bernardes...

– Espera aí... como é que é essa história de escolher banca? Isso interessa; deixa eu anotar.

Esteves, sentindo que conseguira o que queria, ficou mais à vontade e falou durante mais de uma hora. Paulo anotava, fazia pequenos comentários e só interrompia para pedir mais um chope. Quando se despediram, pareciam de fato velhos amigos.

Helena tinha acabado de arrumar a mesa para o café. Antônio já havia feito uns ovos mexidos e esquentado o pão. O jornal que ele comprava todo dia, quando saía para caminhar, estava em cima de uma cadeira. Helena pegou o primeiro caderno e foi folheando. De repente, parou e quase deu um grito:

– Você viu isto aqui? – apontava, fora de si, o título "Concurso na universidade pode ter cartas marcadas".

Antônio levanta, põe os braços em torno dos ombros dela e tenta acalmá-la.

– Não vai estragar seu café da manhã, meu bem. Eu já li. É pura fofoca. O que sai em jornal não tem a menor importância para gente que, como você, vive exatamente estudando esta coisa de manipulação da informação, de...

Ele pára de falar, porque percebe que a mulher nem o ouve. Helena baixa a cabeça e começa a chorar. Antônio sente que é melhor não falar mais nada e apenas mantém o abraço.

Depois, mais calma, Helena insiste em ler todo o texto. Não consegue se controlar. A cada parágrafo fica mais exaltada, e grita, indignada:

– Como pode alguém dizer que a banca foi escolhida para me favorecer?! A banca foi aprovada por todos os candidatos, exatamente como tinha que ser. E que no Instituto se persegue gente de esquerda!!! Que absurdo! Eu sou o quê? E a Ana Lúcia? Será que o Borges teve coragem de dizer essas coisas para algum repórter?

Antônio tenta passar a ela a idéia de que aquilo

não vai influir em nada no concurso. Quer que Helena largue o jornal, pare de se afligir. Não conseguindo, resolve dar sua opinião.

– Quer saber? Se eu conheço bem seus coleguinhas, isso não é coisa do Borges, mas do Estevão. É baixaria, Helena; é para você ficar assim mesmo, nervosa, arrasada. Não cai no jogo dele – ou deles, sei lá. Fica fria. Quem conhece você não vai entrar nessa. E por que se importar com quem não te conhece?

Tinha feito todo o caminho até o Instituto em pânico. Como ia chegar lá? Como ia conseguir dar aula? Como fazer uma cara normal, se todo mundo já devia ter lido aquela matéria cafajeste? Era muito fácil dizer "ora, ninguém vai acreditar". Mas ela conhecia bem seus colegas e seus alunos. Pouquíssimos amigos de verdade. Ali cada um queria derrubar o outro. E os alunos de graduação adoravam uma fofoca que desmoralizasse professores. Tentou passar pelo jornal-mural do Diretório Acadêmico como se nada houvesse. Mas estava lá o recorte já pregado, com um círculo de pilot vermelho em volta para dar destaque.

Resolveu conversar um pouco com Ana Lúcia. Afinal, a matéria era contra ela também, pois acusava a diretora de parcialidade na escolha da banca.

– Esses caras são doentes, Helena. Que loucura é essa de dizer que, por haver três mulheres na banca, ela foi preparada para favorecer você? E quem disse que mulher favorece mulher? E com o seu passado, ter coragem de dizer que o Estevão é perseguido aqui porque foi preso. Seria cômico, se não fosse sério, triste. Aliás, o que ele explora esta prisão não está no gibi. E a gente sabe – embora não deva dizer por aí – como ele se comportou. Quem sofreu mesmo, como você, fica quieto. Sabia o que fazia...

– Ah, Ana Lúcia, o pior é que hoje eu não sei se sabia, não. Aliás, não sei mais nada. Acho a situação política hoje tão confusa... Quem são meus aliados? Quem são meus inimigos? Aqui dentro do Instituto, mesmo, as divergências não fazem sentido. Tem me dado uma vontade enorme de largar tudo.

– Que é isso, amiga? Vai fraquejar agora? Prepare-se, porque eu tenho a impressão de que, apesar dessa guerrinha ser bem triste, lamentável, vem mais bala por aí. Não pode dar o prazer a eles de desistir, não. Continua o teu trabalho, vai. Faz das tripas coração e segue em frente...

Helena foi andando para sua sala, pensando não nas palavras encorajadoras de Ana Lúcia, mas em um episódio muito anterior. E seu medo foi crescendo. "E se um deles descobre aquilo? Aí estou perdida mesmo... Faz muito tempo, mas seria um escândalo que o Borges e o Estevão adorariam... Mas é impossível, tenho que me acalmar. O Miguel – como ele gostava de me agradar! – já se aposentou, até saiu do Rio, foi morar em Cambuquira. E só ele, além de mim, sabe. Nunca falei para ninguém daquele telefonema dele, na véspera da prova, me passando as questões. Nem para o Antônio. O que tenho que fazer é afastar de mim esse remorso absurdo. Afinal, eu estava preparada, merecia entrar no doutorado, já tinha feito, de fato, meu doutorado no Canadá. Pensando bem, me obrigar a fazer aquela prova foi a primeira maldade do Borges comigo. Ele tinha poderes para me dispensar de qualquer exame de seleção. E eu nem precisava; ia passar mesmo..."

Esteves liga para Borges pelo interfone do prédio.

– Você leu, rapaz? Hoje eu nem passei no Instituto, mas adoraria ver a cara da Bernardes. Uma porção de gente já me ligou, todo mundo horrorizado com as denúncias... Escuta aqui, tem dedo seu nessa história, não tem?

– Deixa de ser cínico, Estevão. É tudo a sua cara. Aliás, tenho que lhe agradecer os elogios. Afinal, eu apareci de favorito... Isso foi para disfarçar, não foi? Ou foi mesmo para me queimar, para alguém pensar que fui eu? Você é muito sacana, cara. Agora deixa eu voltar a ouvir meu Haendel, tá bom? Espero que o tiro tenha alcançado o alvo. Parabéns.

Embora a batida violenta do telefone tenha lhe doído no ouvido, Esteves sorriu satisfeito. O Borges tinha aprovado a manobra. Tinha certeza agora de que podia contar com ele para criar umas notinhas para o jornal que iam perturbar a vida de Helena Bernardes. Ela ia pagar toda a esnobação para cima dele desde o tempo da organização. E durante o julgamento na Auditoria da Marinha? Só faltava cuspir nele para demonstrar desprezo pelo seu arrependimento. Chegara a hora da vingança.

Alguns dias depois da reportagem sobre o concurso, no mesmo jornal, em uma das colunas mais lidas da imprensa carioca, uma nota maldosa criticava um livro organizado por Helena Bernardes. O livro tinha sido publicado havia meses e recebido excelente crítica, mas a nota insinuava que ela o havia assinado indevidamente.

No Instituto não se falou em outra coisa. Alguém colocou no jornal-mural dos alunos. Ana Lúcia foi acordada pela cunhada que, excitadíssima com a fofoca, nem deu bom-dia:

– Quem diria, hein, Ana, sua amiga Helena, que sujeira! Quer dizer que esses intelectuais, que gostam de criticar tudo, falar mal do governo, também aprontam suas maracutaias, não é?

Ana Lúcia se conteve para não desligar o telefone ou responder com grosseria. Afinal, gostava muito do irmão; tinha que aturar a mulher dele. Falou com toda a gentileza possível.

– Dora, o que é isso? Você é uma pessoa tão ponderada. Como tira uma conclusão terrível dessas, sem pensar? Não acredite em tudo que lê nos jornais, não, querida. É uma injustiça. Helena trabalhou meses para organizar aquele livro, cuidou de tudo, foi quem teve a idéia, quem selecionou os textos, escreveu a apresentação. Ela não se fez passar por autora dos textos, mas claro que tinha que assinar como organizadora!

– Ah, minha cunhada boazinha, quanta inocência! Era de se esperar que você defendesse a amiga. Mas não me convenceu, não. Por que o jornal, e logo na coluna do Gazaneu, ia publicar uma coisa dessas se não fosse verdade? E eu sempre desconfiei mesmo que nesse meio de escritores, de professores universitários, tem muita gente que se aproveita do trabalho dos outros. Ou não tem? Vai dizer que é todo mundo bonzinho como você, toda certinha, cheia de escrúpulos?

Era melhor não prestar muita atenção. Ana Lúcia deixou Dora falar à vontade, despejar comentários venenosos, até que conseguiu uma brecha no falatório e se despediu, distraída:

– É, talvez você tenha razão, nos falamos com mais calma qualquer dia. – Fórmula que costumava usar quando achava que não valia a pena ou não queria mais discutir o assunto para não prolongar uma conversa desagradável. Desligou, mas ficou preocupada. "O que vai acontecer naquele Instituto, se até minha cunhada, que nem conhece Helena, está falando mal dela por causa dessa maldita nota? Quem será que soprou isso para o Gazaneu? Tem todo o jeito de nota 'plantada'. Como um jornalista sério se deixa envolver assim? E qual o interesse dele ou do jornal nisso? Não posso deixar de pensar que foi o Estevão, mas não quero ser injusta. Quem mais teria raiva ou inveja de Helena o bastante para tramar uma maldade dessas?"

Ana Lúcia estava imersa nessas lembranças tão recentes, tentando ligar os fatos, quando a secretária, nervosa, veio anunciar a presença de um policial na sala de espera.

– Manda entrar, claro.

A diretora recebeu o detetive polidamente, mas com frieza. Levantando a cabeça da agenda, que fingiu examinar enquanto ele se aproximava, começou a falar sem olhar diretamente o homem, cuja figura lhe deu uma certa vontade de rir.

– Pois, não!? O senhor deseja falar comigo?

Queirós está intimidado. O ambiente universitário é estranho para ele. Mulher diretora, então, é estranhíssimo. Aquela mulher de óculos, com um ar superior, usando um conjunto verde, broche de pérolas na gola, lhe dá a forte impressão de que entrou em território desconhecido. Toda cautela é pouca.

– Bom dia, minha senhora. Sou o detetive Queirós e...

Ana Lúcia, que percebe o embaraço do recém-chegado, corta, não resistindo, maldosamente, a uma piada:

– Detetive? Desculpe, mas o senhor é desses homens que investigam maridos e mulheres infiéis? O que é que está fazendo aqui?

– Não, senhora. Não é nada disso. Sou detetive da polícia civil. Estou aqui por causa da morte do professor.

– Ah, sim. O professor Borges.

– Disseram que a senhora queria saber quem era o policial que estava investigando e... Também preciso lhe fazer umas perguntas, se não tiver problema...

– Claro que não. Sente-se, por favor. Afinal, o senhor representa a lei, o Estado mesmo, de certa maneira, e eu sou uma servidora pública. Tenho todo o interesse em colaborar.

– Eu agradeço, professora. Parece que aqui todo mundo tem bronca com a polícia. Ouvi umas piadinhas – fingi que não ouvi, claro – de uns estudantes, quando vinha para cá. Que história é essa de não se poder entrar em universidade para investigar um crime? Sempre entrei em todo lugar, até em favela controlada pelo tráfico... O que esse lugar tem de especial, a senhora poderia me explicar?

– O senhor já ouviu falar em autonomia universitária, detetive? Saiba que é uma grande conquista da sociedade civilizada. Vou lhe dar o exemplo de um país que o senhor deve conhecer, quer dizer, já deve ter ouvido falar dele. A Nicarágua, pequeno país da América Central, durante mais de 40 anos, sofreu com a ditadura de Anastasio Somoza e de sua família. Os Somoza só foram derrotados quando os sandinistas tomaram o poder, em 1979. Durante esta longa ditadura familiar, os opositores sofreram terrivelmente. Os estudantes da Universidade Nacional organizaram vários movimentos contra o governo. Pois bem, o que eu queria dizer ao senhor é que nem o ditador Anastasio Somoza ousou ordenar a entrada da polícia política na universidade.

Havia espiões, é claro, que documentavam a atividade dos estudantes mais aguerridos e estes acabavam sendo presos em casa. Mas na universidade mesmo, nem polícia, nem exército entrava. Era o respeito a uma instituição fundada em 1812 para difundir o saber. E há universidades mais antigas e tradicionais em outros países da América Latina, como as do México e do Peru, que foram fundadas em 1551.

Ana Lúcia percebeu que tinha exagerado. De repente parecia que estava falando a seus estudantes, sem atentar para o fato de que o homem à sua frente não estava interessado em História da América.

– Desculpe. Queria apenas dizer que há uma tradição, no mundo todo, de respeito à universidade como espaço de livre discussão. O senhor entendeu, não é?

– Esta universidade também é de mil oitocentos e pouco?

– Ah, não. Quem dera, detetive. O Brasil foi um dos últimos países da América a ter universidades. Esta aqui foi fundada em 1920 e também não foi muito respeitada não; a polícia já entrou aqui muitas vezes, algumas com bastante violência. Os estudantes deste Instituto já levaram muito cassetete na cabeça. Não agora, é claro. Mas no tempo dos militares no poder…

Um silêncio pesado caiu entre os dois. "O que será que este homem pensa disso tudo? Provavelmente acha que o tempo da ditadura militar era uma beleza! Tenho que me controlar, ficar um pouco mais neutra, como convém a uma senhora diretora", pensou Ana Lúcia, esboçando um sorriso para um Queirós atônito.

Afinal o detetive se recompôs e perguntou:

– A senhora conhecia o professor Luís Borges?

– Evidente que sim. Ele era professor deste Instituto. Nos víamos quase todos os dias.

– Que bobagem, é claro. O que eu queria saber era se acompanhava a vida particular dele, se sabe de algum inimigo, alguém que o odiasse a ponto de querer matá-lo...

– Senhor Queirós. Aqui dentro, eu não posso dizer que as pessoas se amem. Há muita competição, tenho de confessar. ... Mas, realmente, nunca imaginei que houvesse aqui uma pessoa capaz de pensar em matar alguém. As disputas que existem nesta escola, eu garanto ao senhor, são de outra ordem. Quanto à vida pessoal do professor Borges, eu sabia pouco. A viúva dele é jornalista. Uma pessoa que admiro muito; posso dizer que é minha amiga. Mas não conheço os amigos pessoais dele, nem o resto da família. Em que exatamente posso ajudá-lo?

– Mais uma questão que gostaria que a senhora me explicasse. Que concurso é esse que o finado ia fazer? Não entendi essa história de professor importante ter que fazer concurso ainda e se a senhora pudesse...

– Ah, detetive. Não é fácil, mas vamos lá. Os professores universitários têm uma carreira, como imagino que exista também na polícia. As promoções acontecem por concurso e por titulação, quer dizer, através de cursos especiais que os professores fazem e que lhes conferem título de mestre e de doutor.

– Quer dizer que é verdade? Eu pensei que quando se chegava a ensinar em universidade não se tinha que fazer mais curso nenhum. A senhora ainda faz algum curso?

– Não estou fazendo nenhum agora, porque o cargo de direção não me dá tempo. Mas, quando houver eleição para novo diretor, no próximo ano, pretendo ir para a França fazer meu Doutorado de Estado. Foi uma honra para mim a universidade de Paris ter aceito meu projeto de tese. Mas eu terei que estudar muito lá, enquanto escrevo esta tese. Bem, o senhor não está interessado na minha carreira. O que eu queria explicar é que nós, professores, estamos estudando sempre. Este concurso que ia haver, por exemplo. Os professores que estavam inscritos eram todos doutores, quer dizer, além do curso básico da universidade tinham feito mestrado e doutorado, que são cursos difíceis, longos, que dão títulos e também direito a promoções. Mas, aqui no Instituto, o auge da carreira – é como ser general quatro estrelas, se o senhor me entende – é ser professor titular. E o concurso que o professor Borges – e mais dois outros – ia fazer era para preencher a única vaga de professor titular que temos. Está claro, agora?

– E é bem remunerada, essa promoção?

– É sim, mas não creio que o dinheiro, neste caso, seja o mais importante; um professor quer ser um titular mais pelo status, pela importância que este título tem no meio universitário.

– Então alguém seria capaz de querer o professor Borges, que todo mundo elogia, de fora do concurso, não é? Ouvi falar que ele tinha muitas chances. Mas, sem ele, fica mais fácil para os outros dois, não é verdade?

– Bem, vendo de um certo ângulo, isso é verdade. Mas não acredito que os professores Esteves e Helena... O senhor não está achando que... Deus do céu, a que ponto chegamos... O senhor está pensando mesmo em uma coisa horrível dessa?

– Professora, eu tenho que pensar em tudo. Em todas as possibilidades. Estou investigando.

Mesmo um pouco assustada com a hipótese levantada pelo policial de um assassinato ter sido cometido por um dos professores inscritos no concurso – hipótese já levantada pelo Esteves, mas que então não tinha chegado a impressioná-la –, Ana Lúcia teve vontade de rir. É que a frase do Queirós, aquele homem que ela achara tão estúpido, desprezível mesmo, era igual à que ela tanto usava com seus alunos quando orientava teses. "Vocês não podem deixar de pensar em todas as possibilidades... Não podem ficar apegados a idéias preconcebidas." Até onde estava certo este ensinamento? Deveria pensar então que havia um assassino entre eles?

A saída do detetive deixou-a mergulhada nas piores divagações. Um assassinato. Será que ela seria capaz? E Helena? "Não, não, que horror. Não posso me deixar influenciar por esse homem que vive em um mundo de violência. Estamos em outros tempos. Matar é um ato bárbaro que pessoas civilizadas só praticam em situações extremas... Mas, o que são situações extremas? Ela já tinha passado por alguma? Quem sabe do que os outros são capazes? E Helena, afinal, tinha idéias bem diferentes a respeito do direito de matar. E Esteves? Alguém que é capaz de trair, de pôr em risco a vida do companheiro, não seria capaz de matar? Pensando bem, nem mesmo sei do que eu seria capaz..."

– Andei lá pelo Instituto, delegado. O papo daquele pessoal é muito maluco. Uns dizem que o homem era muito querido. Outros, que todo mundo tava a fim de vê-lo no necrotério. Na conversa com o tal do Esteves – que tem cara de bandido, não de professor –, ele confessou, com toda calma, que não estava triste com a morte do colega. Que o outro era arrogante, metido... Vi logo a maior inveja na cara dele. Mas a outra professora, Helena, ah..., essa é uma mulher fina. Respondeu tudo o que eu perguntei, foi atenciosa, sem conversa mole... E a diretora, também. Saí de lá pensando: só devia ter professora mulher, não é mesmo? Como em grupo escolar...

– É, Queirós, as aparências enganam, como você mesmo lembrou ontem. Também andei investigando. O coronel Gonçalves, que trabalhou com meu irmão no Doi-Codi, me contou que a professora Helena Bernardes foi – ou é, nunca se sabe – uma guerrilheira. Fez até treinamento em Cuba. Fique o senhor sabendo e não se deixe enrolar por lábia de subversiva posando de arrependida, não.

– Estou besta com essa, chefe. Guerrilheira? De metralha na mão? Se não fosse a palavra do delegado e do coronel, eu não acreditava. Ela fala como a pessoa mais inocente e pacífica do mundo. Podia ser uma freira daquelas do tempo antigo. Que que é isso!? Então ela estava fazendo hora comigo? Me enrolando direitinho, com cara de santa? Caí como um patinho, tenho que confessar... Mas ela vai ver o troco que eu vou dar, ah, isso vai.

Ana Lúcia não queria acreditar. "Que é que estou vendo? Alunos se mobilizando? Que maravilha! Tomara que não sobre para mim." Rapazes e moças passavam animados, falando alto, carregando cartazes, rolos de barbante, cola... Foi até a janela do corredor para ver o pátio. Era, de fato, uma manifestação que estava sendo organizada ali. No ponto onde havia uma concentração maior de alunos, leu uma faixa estendida que dizia "Aqui só se entra por vestibular ou concurso. Fora a polícia!". Ao lado, um aluno, de megafone, fazia apelos a todos os que passavam para que se juntassem ali, "para defender a autonomia da universidade ameaçada".

"O Estevão está dando bandeira com esta faixa. Quando que eu ia acreditar que qualquer aluno aqui do Instituto soubesse dessa tirada deliciosa do Pedro Calmon? Queria eu que pelo menos um deles soubesse quem foi Pedro Calmon!"

Mesmo indignada por ver os alunos sendo manipulados, Ana Lúcia gostou de lembrar do tempo da Faculdade Nacional de Filosofia, quando os estudantes se mobilizavam de verdade, enfrentando a polícia, sendo presos, não esmorecendo. E aquele dia em que o reitor Pedro Calmon, sempre tão criticado por eles por contemporizar, tinha conseguido afastar um pelotão de choque com aquela frase genial, hoje utilizada de maneira tão tola pelo Esteves, se escondendo atrás dos alunos.

"Que saudade! Eram tempos sofridos, mas estávamos vivos, envolvidos nos acontecimentos, participantes. Tudo era excitante. Havia violência, medo, traições também, mas havia principalmente muita esperança, desprendimento e coragem. Naquele tempo nós sabíamos quem era quem. Hoje, como saber o que estão pensando, o que estão querendo na verdade esses meninos gritando palavras de ordem esvaziadas? Às vezes penso até que é bom o Carlos não estar vivo. Ele ia sofrer muito com este conformismo, esta falta de identidade política que se vê na universidade e em toda parte. Ou será que sempre foi assim, mas eu é que estou ficando mesmo uma velha saudosista?"

O agrupamento não crescia. Ela viu que dali não sairia nada importante. Melhor. Ou pior? Na realidade, era melancólico. Como diretora, sentia-se mais confortável com a certeza de que não fariam nada mais do que uns discursos inflamados para impressionar os colegas. Resolveu que podia sair sem problemas e tinha que visitar Marina, o que ainda não pudera fazer.

Marina preferia que ninguém viesse vê-la. Mas, como dizer isso sem parecer rude? As pessoas achavam que estavam sendo gentis, solidárias, indo lhe fazer visita. Ou será que iam lá só para ver como ela estava? Aquelas duas colegas do jornal que tinham aparecido em sua casa, depois de algumas frases protocolares, não tinham agido como o Esteves e lhe falado de infidelidades do Borges? Para consolá-la ou para ter o prazer sádico de ver sua surpresa? Ou, pior ainda, para verificar se ela já sabia? Um horror! O Borges dizia que um espetáculo de enforcamento em praça pública no Rio seria um tremendo sucesso. Ficou irritada ao constatar que estava outra vez imaginando o que o marido diria. "Até quando, meu Deus?" O toque do interfone foi bem-vindo. Tirou-a da penosa confusão de sentimentos em que tinha mergulhado.

Ana Lúcia entrou sorrindo, amável.

– Marina, querida, devia ter vindo antes, mas o Instituto está uma loucura, você pode imaginar. Como está você, de verdade? Conte. Ou não conte, se não quiser. Olhe, eu fico o tempo que você achar conveniente. Não quero ser mais uma chata. Mas, se você quiser conversar, estou à disposição.

– Que bom, Ana Lúcia, ouvir alguém falar assim. É um tormento, você deve ter passado por isso, ouvir as bobagens que vêm nos dizer. Quero falar sobre os amigos, sobre política, cinema, qualquer coisa; aliás, quanto mais frívola, melhor. Estou exausta de hipocrisias e de pieguices. Você quer um chá? Assim a gente pode conversar tranqüilamente.

– Aceito, com prazer. De camomila, se você tiver. Estou precisando. E você sabe que sou fã de suas misturinhas famosas. Você ainda tem aquelas hortelãs e cidreiras plantadas na área de serviço? Engraçado, o Carlos tinha mania de reclamar quando eu chamava de chá, essas infusões de ervas. Eu já esperava a retificação dele: 'Chá, não, Ana. Isso é tisana'. A palavra tisana é muito bonita. Mas quem mais a usa hoje? Além do Hercule Poirot, da Agatha Christie, que é bem antiquado, mais ninguém, que eu saiba. Estou me flagrando a toda hora nesses saudosismos, Marina.

Enquanto Marina, que ficara muda depois do comentário da amiga, enchia de água a chaleira elétrica para poder servir o chá – ou a tisana – na mesa da sala, só com saquinhos de misturas industrializadas inglesas, Ana Lúcia ficou lembrando das boas conversas que as duas já tinham tido no Instituto, em casa de amigos comuns, como sua tia Marita, que era madrinha da mãe de Marina. Freqüentava pouco o apartamento porque, de fato, há algum tempo não gostava muito de encontrar o Borges.

No café da faculdade, um dia que tinha ido se encontrar com Borges, Marina falara longamente com ela sobre a falta que sentia de uma ex-empregada, Maria Teresa.

– Ela simplesmente adorava, adora ainda, o Borges. Também me tratava com carinho, mas a diferença era óbvia. 'Professô' pra lá, 'professô' pra cá, vivia mimando o cara. E com isso a paz reinava no lar. Ai, que saudade! Ela cuidava de tudo; eu nem precisava fingir de dona-de-casa. Além disso, a Maria Teresa era realmente especial. Orgulhosa! Não era fácil. Sabia mil coisas e contava histórias ótimas de sua infância pobre, acompanhando o pai na pesca em alto-mar. Gostava de dizer que tinha tido uma avó índia para explicar como é que entendia tanto de planta. Tinha a chamada 'boa mão' para jardim e horta. Uma vez, em Maricá, ela aconselhou a caseira, que gostava de lhe fazer confidências, a dar 'um chá de folha que é tiro e queda' para o marido, que batia nela. Garantiu que havia a tal folha por ali, no meio do mato.

As duas riram bastante, não escondendo uma boa dose de admiração por Maria Teresa. Ana Lúcia reforça o sentimento, lembrando de um lombinho fantástico que tinha comido em um jantar na casa de Marina e Borges, logo que eles tinham casado.

– E ainda cozinhava muito bem, não é?

– É verdade e era muito amiga. Naquele dia em Maricá a menina ficou tão assustada que veio me perguntar se a Maria Teresa podia estar falando sério. Eu tirei todas as dúvidas da pobrezinha. Maria Teresa é nordestina, filha de pescador. Com ela não tem essa história de agüentar desaforo, não. Imagina se algum homem bateria nela. Se ela já matou alguém, não sei. Espero que não, mas não garanto nada. Mas achei melhor a Marlene, que morre de medo do cafajeste do marido, não tentar seguir o conselho, não.

– E você sabe que planta é essa? Estou interessadíssima. Se eu fosse você tinha pedido a ela para ensinar como fazer esse chá. Afinal, nunca se sabe quando se vai precisar de uma coisa dessas, não é?

– Ainda posso perguntar, já que você está tão interessada. Ela agora mora com o filho, que foi quem a convenceu a se aposentar. Há muito tempo que não tenho notícias. Ela fuma muito, tenho medo do que possa estar acontecendo. Eu a levei um dia ao nosso médico e ele ficou impressionado com o estado do pulmão dela. Fez as piores previsões, caso ela não deixasse de fumar. Não adiantou nada. Ela ouviu tudo muito respeitosamente, agradeceu, e continuou firme no cigarro. Ninguém manda na Maria Teresa; nem o medo da morte.

Outros assuntos surgiram, mas ficou no ar a idéia dessa mulher analfabeta, empregada doméstica, mas com um espírito altivo, forte, com sua cultura tão diferente. Como se ainda falassem disso, algum tempo depois, Marina acrescentou:

– Quando íamos à Marica, ela apontava um matinho e dizia o nome e a utilidade. Colhia uma porção de folhas e mudas. Uma vez o Borges teve um problema digestivo e o médico, um especialista, ficou bobo de ver como ela tinha o remédio certo. São coisas que estão acabando. É uma pena! Eu já fiz reportagem sobre tanta coisa, novos remédios, novos regimes, novos cremes... E nunca prestei muita atenção nas plantas da Maria. Preciso fazer uma visita a ela, saber notícias e ainda posso arrumar uma boa pauta para o jornal.

As duas ficam falando de amenidades e tomando devagar aquele chazinho gostoso, leve, acompanhado de biscoitos. Apesar de mais jovem, Marina sente muita afinidade com a outra. Ana Lúcia tinha apreciado de cara o jeito da moça, e percebe que ela está mais calma, depois da morte do marido, por incrível que pudesse parecer. Gostou de ver que está enfrentando bem a perda, não se deixando abater.

Ao sair, horas depois, comparou a atitude de Marina com a de Regina. A professora sempre tão bem-humorada, parecendo frívola e despreocupada, estava completamente arrasada com a morte do Borges. "Como é que nos dias de hoje, quando as mulheres já conquistaram tanto na luta pela igualdade de direitos, ainda há moças como Regina, bonitas, inteligentes, submetendo-se ao papel doloroso e, acima de tudo, tão ridículo e fora de moda, de 'a outra'?"

O pensamento não lhe fez bem. Para conseguir dormir, apesar de toda a camomila, decidiu ver na tevê um bom policial, daquelas séries austríacas, nas quais os assassinatos eram tão diferentes dos que a gente lia nos jornais. Em geral, vítimas e suspeitos eram pessoas que viviam bem, que não tinham motivação social para cometer crimes. Vestiu uma camisola, preparou um leite quente e sentou-se em frente a TV. Ficou decepcionada ao constatar que já era muito tarde e não havia mais nenhuma daquelas histórias tão "primeiro mundo" para ver. Não conseguiu pegar sequer um seriado americano, nos quais, ao contrário, os crimes aconteciam sempre em bairros de periferia, envolvendo negros, hispânicos ou orientais. Desligou a televisão e pegou um livro, mas não conseguiu ler. Estava inquieta, não sabia bem por quê. Sempre tinha enfrentado os problemas. O que a estava perturbando tanto? O protesto de alguns alunos? O mau-caráter do Esteves? A morte do Borges? Preocupação com o que iria acontecer com Marina e até mesmo com Regina? Era uma mistura de tudo, mas era algo mais. "Bem, vou tentar dormir em vez de querer fazer auto-análise a uma hora dessas."

Marina também demorou para dormir. Pensava no marido, principalmente em como ele estava nos últimos meses. Depois de algumas lembranças esparsas, fixou-se no episódio do lançamento da revista do Instituto. A festa estava animada e ele estava sendo o grande festejado. Até Helena, que há tempos nem lhe dirigia a palavra, depois que o relacionamento entre os dois tinha esfriado, gelado mesmo, cumprimentou-o amavelmente pelo artigo de abertura. E o coquetel estava ótimo, com uns salgadinhos do tipo chique e saudável, aipo com queijo, damasco com patê, batatinha com caviar, ai, que delícia... Ela começou a reviver tão intensamente a festa que quase ficou com água na boca lembrando das comidas. E aí viu o rosto sorridente de Regina, linda, provocante em um vestido vermelho de alcinha, se aproximando, se aproximando...

– Olá, que bom lhe ver por aqui. Parece que o professor lhe esconde...

Teve vontade de corrigir a outra. Afinal, uma professora universitária devia falar corretamente. Aquele *lhe*, ainda por cima repetido, “lhe ver”, “lhe esconde”, doeu em seu ouvido de redatora cuidadosa, com fama de “bom texto”. Limitou-se a dar um sorriso bem formal, sem dizer nada. Mas a outra insistiu e puxou conversa.

– Já leu a revista? Bem, o artigo do maridão com certeza já leu. Aliás, deve ser você quem digita os trabalhos dele, não é?

A resposta veio entre os dentes:

– Não sou digitadora, professora; sou jornalista.

Regina continuou as provocações.

– Ah, claro, mulher liberada. Desculpa. É que o Borges, quer dizer, o professor é que tem um ar de marido machista. Ou estou enganada?

Marina queria ir embora dali, mas decidiu não demonstrar qualquer constrangimento. Riu e respondeu com uma alfinetada:

– Você está estudando comportamento masculino? Parece moda, na universidade. Não é este o tema central da revista? Aposto que o artigo que você escreveu é sobre maridos.

Borges, que já observava as duas com um ar intrigado, aproximou-se.

– Ah, vocês estão aí, trocando figurinhas. Qual é o assunto? Tricô ou homem?

Conseguiu desagradar as duas. Marina aproveitou o silêncio que se seguiu ao comentário do marido, fez sinal para um repórter conhecido, que acabara de entrar e se afastou.

Regina estava desapontada.

– Por que você faz essas coisas? Que absurdo!

Borges passou a mão no cabelo dela, como se fosse desmanchar o penteado e deu um sorriso conciliador.

– Vocês podiam ser amigas, o que seria bastante civilizado.

Não esperou a reação de Regina. Aproveitou que um garçom passava, pegou um uísque e foi falar com o editor que estava lançando a revista em parceria com o Instituto. Pouco depois, Marina se aproximou, calma e sorridente, como se nada tivesse acontecido, e anunciou:

– Estou indo para casa. Se você quiser vir junto, tem carona. Se quiser ficar ainda por aqui, tchau!

Ele respondeu com rispidez:

– Tenho que ficar mais um pouco. Você já devia ter reparado que não estou me divertindo, mas trabalhando.

Pegando o carro no estacionamento, Marina pensou em procurar alguém, distrair-se um pouco. "Não vai adiantar", pensou. Foi para casa, e logo ao chegar serviu-se de uma boa dose de Jack Daniels – que era a bebida exclusiva dela, porque Borges odiava – , e tentou ver um filme na TV. Não se ligou no filme, e o sono veio, felizmente. Ela foi para a cama satisfeita por não precisar fingir que estava dormindo e que não viu a hora em que o marido chegou em casa. Não soube mesmo nem perguntou no dia seguinte.

Regina não sabia com quem desabafar. Pensou no Pedro, mas achou demais. O ex-namorado tinha ficado uma fúria com ela ao descobrir o caso com o Borges. Aliás, esse tinha sido o motivo do rompimento. Como ela podia chorar no ombro dele? Mesmo assim resolveu tentar, porque a irmã e as amigas é que não iam lhe valer agora. Viviam azucrinando com advertências do tipo "homem casado não dá certo, Regina", "brasileiro não separa, Regina, vai ficar enrolando", "tenho uma amiga que garante que ele e Marina são casadíssimos". Pensou até em Antônio. "Que loucura, a minha. Estou na pior, mesmo. Aquele fotógrafo com cara de sonso foi um casinho gostoso, nada mais. O Pedro nem chegou a saber... E ele é casado de verdade com a Helena, logo *ela*, apesar de namorador..."

Decidiu ligar mesmo para o Pedro; afinal, não tinham ficado inimigos. E era a única pessoa com quem ela podia de fato contar. "Que burrice ter largado aquele homem que me ama tanto!", pensou, logo ficando horrorizada pelo fato de já estar lembrando do Borges, por quem acreditava estar tão apaixonada, como um erro. "Será que sou assim, tão volúvel?"

Pedro tinha uma empresa de computação. Tinha paixão por aquelas máquinas, e estava sempre adquirindo modelos mais novos, mais potentes... Eles haviam se conhecido na casa de uma prima dela que também era maníaca por computadores. Ficava exaltada na defesa dos Macintosh, cujos usuários, segundo ela, "eram perseguidos como uma minoria". Só faltava criar um movimento em defesa dos que optavam por aqueles equipamentos. Regina, ao contrário, usava seu computador como uma máquina de escrever. Não sabia e não queria saber nada do funcionamento dele. Qualquer problema que tinha, ligava para o Pedro e ele resolvia. Namoraram durante anos. A família dele, principalmente a mãe, já planejava uma festa de casamento. E ela, depois de afirmar que casamento não era sua vocação, já não achava a idéia tão ruim. Mas a paixão pelo Borges fora fulminante, insensata. Para vivê-la, Regina jogou tudo para o alto.

Os dois tinham se conhecido quando, recém-formada, ela tinha feito o concurso para professor-substituto. Presidindo a banca, ele lançava olhares de explícita admiração para a candidata, que afinal saiu vencedora. Sentiu que não resistiria. Por quê? Borges não era exatamente um homem bonito. Não era sequer simpático. Gostava mesmo de ser considerado antipático. Era casado, ela sempre soubera. Por que tinha se envolvido naquela situação? ela, que sempre tivera uma vida tranqüila, família unida, amorosa, e ainda por cima com um namorado lindo, carinhoso, divertido... Que louca tinha sido!

Estava desesperada, e o telefone da casa do Pedro não atendia. Tentou o celular, mas estava na caixa postal. Não teve coragem de deixar recado. Começou a chorar silenciosamente, amargurada. Quando seu telefone tocou, pensou de início em não atender. Fez força para dizer "alô" com naturalidade. Ao ouvir a voz do ex-namorado, porém, o choro contido transformou-se em um choro convulso, quase histérico.

– Que bom que você ligou, que bom – repetia, ao mesmo tempo que soluçava. – Vem pra cá, vem logo, por favor!

Mal teve tempo de se recompor um pouco, lavar o rosto, e Pedro chegou, tentando esconder um sorriso de triunfo que insistia em inundar seu rosto. Ela se aninhou contra o peito do rapaz, como uma menina, e ficaram muito tempo assim, abraçados, sem dizer nada.

Pedro soubera da morte do Borges por um primo que trabalhava no mesmo jornal que Marina. Ele mencionara por acaso o fato, quando Pedro ligou para saber notícias da tia, que tinha sido operada do coração. Os dois começaram a tecer comentários sobre velhice, doença, acidentes, tipo "ela vai ficar ótima"; "risco qualquer um corre"; "qualquer jovem pode de repente morrer se um raio cair na piscina quando estiver nadando". Foi quando Pedro mencionou o raio na piscina, que o primo falou na tragédia que se abatera sobre a colega de redação, do corpo do marido boiando na piscina.

O primeiro impulso de Pedro fora ligar para Regina. Mas, dizer o quê? "Sinto muito, minha querida, pela morte do cretino do seu namorado" não seria adequado. Além do mais, Marina tinha conseguido que a notícia não fosse divulgada. Regina era capaz de não saber ainda. Afinal, amante de homem casado não tem os fins de semana dele. E havia o tal concurso... Conseguiu esperar algum tempo, enquanto estava trabalhando, mas de noite não resistiu. "Seja o que Deus quiser. Não vou dizer nada. Vou só perguntar se ela precisa de alguma coisa." Não precisou fazer perguntas. O desespero que a antiga namorada demonstrou ao atender o telefone deixou-o primeiro enciumado para logo em seguida fazê-lo sentir uma grande felicidade. O apelo de Regina foi a melhor coisa que podia ter ouvido. Há muito tempo esperava por aquilo.

Tinha passado o dia inquieto, depois de saber da morte de Borges. Tentara saber mais sobre o que tinha acontecido, mas ninguém de sua empresa ou de sua família conhecia o pessoal do Instituto. Sempre tinha evitado falar com o primo sobre Marina e Borges, para não revelar o caso de Regina com o professor. Aliás, desde que eles tinham acabado o namoro, desde que Regina tinha admitido estar apaixonada por aquele pedante insuportável (era sempre assim que pensava ou se referia ao Borges), nunca mais falara sobre ela com os amigos e conhecidos. Todos sabiam da enorme dor-de-cotovelo que ele sentia pela perda da namorada e respeitavam seu silêncio.

Logo no início ele tentara aquele remédio sempre recomendado aos que estão curtindo a dor de uma perda amorosa: arranjar outra. Mas parecia que as mulheres bonitas e interessantes que encontrava nas festas e restaurantes que freqüentava tinham desaparecido. Chegou a sair uma ou duas vezes com uma ex-namorada, achando que era possível reviver algum tipo de entusiasmo. Não adiantou nada. No meio de um concerto no Consulado de Portugal, a que tinha ido com ela, não só para ouvir a pianista, ex-professora da moça, mas também porque apreciava muito aquele palácio estranho, construído em estilo manuelino tardio para ser embaixada, olhava as mulheres procurando descobrir traços de Regina. À saída, foi com dificuldade que fez comentários com a amiga. Sentiu que ela estava decepcionada com seu ar ausente. Quando estavam namorando, era sempre um prazer para ela, tão dedicada ao piano, ver como Pedro apreciava música, embora tivesse conhecimentos muito rudimentares de compositores e intérpretes eruditos.

Enfim, o programa daquela noite tinha sido um desastre para os planos do rapaz. Desculpou-se, mas sabia que não mais iria ter coragem de convidá-la para sair. Resolveu ficar uns tempos enclausurado. Passou a ir do trabalho direto para casa, recusando os convites que os amigos, preocupados com o seu comportamento, temendo uma depressão, lhe faziam.

Em algumas noites, sozinho, se entregara mesmo a projetos bem absurdos. Ia procurar o Borges, dizer-lhe umas verdades, ameaçar falar com a mulher dele e contar tudo... Chegava a imaginar em detalhes cada coisa que diria, a reação do outro... Desenvolveu alguns desfechos ridículos, outros trágicos. Matar o Borges, por que não? Tinha visto recentemente na televisão um filme de Hitchcock bem antigo, *Festim diabólico*, sobre dois rapazes que tinham matado um colega só para afirmar sua superioridade. Não era seu caso, mas bem que gostou das teorias do mais cínico dos dois, na verdade o que planejara tudo, sobre a desimportância de se tirar a vida de quem atrapalhava seus planos. Só que os dois tinham sido apanhados e, por ironia, por um ex-professor dos três, assassinos e vítima. O problema era esse: ser apanhado. Pensou em se proteger desse perigo usando, ao invés do assassinato direto, por tiro, facada ou atropelamento, meios mais indiretos, como quimbanda, bruxaria. Chegou a procurar na Internet informações sobre vodu, morte à distância, essas coisas. Enfim, ver-se livre do Borges foi seu sonho durante muito tempo. E agora este sonho estava realizado, e Regina, linda, soluçante, frágil, em seus braços novamente.

Helena chegou em casa desejando ardentemente que Antônio já estivesse de volta do trabalho em Magé. O apartamento estava vazio. Deu uma olhada nas samambaias da varanda, foi buscar a garrafinha de aspergir água... "Não adianta", pensou, "nada que eu faça vai me livrar dos pensamentos mais sinistros."

Por que tinha visto aquele homem justamente esta semana? Fazia tanto tempo! Ela nunca tinha encontrado com ele fora daquele inferno do Doi-Codi. "Será que estou ficando mesmo supersticiosa? Não é possível que a uma altura dessas da vida eu vá acreditar em presságios..."

Mas tinha sido exatamente isso. Tinha ficado tão perturbada com o encontro, muito rápido, na porta do supermercado, com o agora general aposentado que à noite, no aniversário de uma amiga, depois de uns uísques, tinha tido a conversa mais louca com o Sílvio, marido da Estela. Os dois falavam daquele homem odioso e da raiva que dava saber que ele estava bem, ia morrer de velhice, provavelmente em um bom hospital. E ela falara no desejo que tantas vezes tivera de matá-lo. Da vergonha que sentia pelo fato de não ter tido nunca coragem de executar, ou sequer planejar, uma ação daquelas.

Sílvio tentou convencê-la de que ainda havia tempo para isso.

– É até bom que seja agora, que ele já está velho, e pensa que está livre de vinganças. Por que não, Helena? Pensa bem. Hoje estamos muito mais maduros para fazer uma coisa dessas bem feita.

– Não fala, Sílvio, que eu embarco nessa viagem. Acho que com você e mais dois de muita confiança, eu topo. Antônio não pode saber, é claro – tinha respondido, olhando em volta para ver se o marido tinha ouvido alguma coisa.

Estela, já nervosa, querendo achar que os dois estavam brincando – brincadeira pesada, de quem, de fato, guarda um ódio imenso, mas, pelo amor de Deus, brincadeira –, ria e insistia:

– Parem com isso. Se alguém ouve, vai pensar que vocês são capazes mesmo de uma barbaridade dessas!

Piorou tudo. Ela tinha até sido um tanto rude com a amiga ao responder, em tom exaltado:

– Barbaridade, por quê? Você agora é moralista, é? Matar um monstro daqueles é como matar uma barata. Só que, se descobrem, a gente vai para a cadeia. É só por isso que não começo agora mesmo, com o Sílvio, a planejar tudo. Não acho nada demais fazer justiça, não. Tenho medo, isto sim. Nunca tive coragem de fazer nada parecido. Todo mundo pensa que sou uma pessoa corajosa e não passo de uma covarde, pô. Que merda!.

Levantara-se já meio chorosa – de raiva, da lembrança daquele passado tão doloroso, mas também do efeito da bebida – e ia pegar outro drinque quando pensou que já tinha passado do limite. Pensou, não; na verdade, ao chegar perto do bar que Vera tinha instalado na varandinha, avistou Antônio, que olhava um tanto inquieto em sua direção. Afastou-se das garrafas e foi em sua direção, tentando disfarçar o estado emocional em que estava.

– Está querendo ir para casa, amor? – perguntou o marido, ao puxá-la para perto dele. Foi, como sempre, um alívio. O braço forte, o gesto tranqüilo, o comando disfarçado.

– Vamos, está na hora mesmo da gente ir embora, meu bem – respondeu, com a naturalidade que conseguiu.

No caminho para casa praticamente não conversaram; depois de umas poucas palavras sobre coisas sem importância, ficaram completamente calados durante muito tempo. Helena pensava nas coisas que tinha dito ao antigo companheiro de luta política e a Estela, mas não conseguia comentar nada com o marido. Não falava daqueles tempos tenebrosos com ele, mesmo sabendo-o tão solidário. Mas Antônio quase sempre adivinhava quando ela estava relembrando aquela fase negra de sua vida, e respeitava seu silêncio. Foi afinal Helena quem quebrou o gelo:

– Fiquei perturbada com uma conversa idiota com o Sílvio. Você sabe que ele esteve preso mais ou menos na mesma época que eu, não sabe? Pois é. E, claro, eu bebi um pouco mais do que devia.

– Ah, isso eu vi – foi o único comentário dele, amenizado logo com um beijo no ombro dela.

A conversa com o antigo companheiro de organização não saía da cabeça de Helena. A festa devia ter sido para distraí-la, naquela semana tão tensa do concurso. Normalmente uma festa daquelas, com tantos amigos antigos, faria um enorme bem a ela. Mas, do jeito que estava estressada, tinha era lhe causado um tumulto interior enorme. Depois da visão insultante do general torturador empurrando satisfeito um carrinho de garrafas de vinho, e do encontro com o Sílvio, ela agora ainda tinha em sua cola aquele detetive Queirós, a lhe falar do Borges morto, boiando em uma piscina. Era fantasma demais à sua volta...

Antônio foi entrando em casa tranqüilo, mergulhado no clima do dia de trabalho com os alunos, que tinha sido um sucesso. E também, é claro, pela conversa que tinha tido depois, a sós, com Maria Paula. A moça, além de muito talentosa, evidentemente tinha uma queda pelo professor. E ele bem que alimentava o sentimento dela. Afinal, flerte com alunas tinha sempre aliviado bem a chateação que a vida tão certinha com Helena às vezes lhe dava. Não levava muito longe esses casinhos. E nunca, nunca, deixaria a mulher saber de nada. "O que machuca é saber", pensava ele, traduzindo o velho 'o que os olhos não vêem, o coração não sente'. Além do mais, gostava de verdade da companheira. Mas fazia muito bem a seu ego saber que ainda exercia seu poder de sedução com mulheres mais jovens, mais irresponsáveis, mais divertidas.

– Olá, meu bem, acho que vou acabar fazendo um belíssimo livro sobre o manguezal. Estou animadíssimo – foi logo dizendo ao avistar Helena. – Mas, que egoísmo o meu! Como foi lá no Instituto? Deixa eu ver melhor esse rostinho expressivo, que vai me dizer tudo. Mas... que cara é essa? Não estou gostando nada... O que foi que houve, meu anjo?

Ela estava muda, olhando para o marido, sem encontrar as palavras, sem saber mesmo o que dizer primeiro.

– O Borges...

Foi tudo o que pôde falar, antes de começar a chorar. Antônio ficou completamente sem ação. Aquela não era a Helena que conhecia e com quem vivia... Uma derrota, inclusive previsível, em um concurso, não podia ter deixado sua mulher daquele jeito. Ficou também calado, olhando interrogativamente para ela que, depois de algum tempo, gritou:

– Está morto, Antônio, ele está morto!

O fotógrafo teve uma reação típica. Foi andando devagar até uma poltrona, sentou, respirou fundo, estendeu os braços para Helena e disse, na mais aparente calma:

– Vem cá, meu bem. Conta esta história direito.

Ela conseguiu se controlar e, meio aninhada no colo dele, contar da maneira mais ordenada possível, a sucessão terrível dos acontecimentos.

– Não dá para acreditar! Que coincidência absurda! Não é de admirar que a polícia, com a mentalidade que tem, pense em assassinato. Como pode ter acontecido? E em cima do concurso! É, minha querida; essa foi uma morte trágica mesmo. De novela; não, de ópera. Quer dizer, não conheço nehuma ópera que tenha piscina em cena. Será que existe? Era o tipo de questão que seu ex-amigo e agora ex-tudo adoraria que lhe colocassem. Ia responder com uma bela dissertação.

Aquela espécie de necrológio sucinto do Borges feito pelo marido fez Helena voltar ao normal e tentar ver suas aflições com realismo.

No dia seguinte chegou a intimação para Helena depor "no inquérito instaurado para apurar as circunstâncias consideradas suspeitas da morte do professor Luís Borges e chegar ao (s) responsável (eis) pela mesma". Antônio insistiu para que a mulher fosse com um advogado; ele ligaria para alguns amigos, arranjariam logo um bom... Helena ficou irredutível. Ia só. Ele poderia acompanhá-la até a porta, mas não ia dar esse gosto aos policiais de chegar com advogado, como alguém que pode mesmo ser suspeita. E depois, o detetive encarregado do caso fora bastante gentil com ela na primeira conversa, informal, no Instituto. "Não há perigo nenhum, tenho certeza."

O Queirós que ela encontrou na delegacia, porém, era outro homem. Aquela gentileza melosa que usara no Instituto desaparecera no seu ambiente de trabalho. Até a voz era outra.

– Ah, chegou a nossa guerrilheira!

Helena estremeceu. Não esperava por uma agressão dessas. Porque a palavra ali, daquela boca, naquele tom, era, sem dúvida, agressão. E doeu mais porque ela gostava muito quando Antônio a chamava assim, por puro carinho. Teve vontade de sair correndo e implorar ao marido para ficar ao lado dela. Mas agora não dava mais. Tinha que enfrentar – outra vez, meu Deus! – a fera que estava à sua frente.

– O escrivão já está voltando. Enquanto isso a professora pode me dar uma aula de combate na selva?

Ela tentou responder normalmente, quase como uma médica diante de um cliente mentalmente insano:

– Não é minha especialidade, detetive. Eu ensino sociologia da literatura. – Mas não adiantou; a risadinha sarcástica do detetive tornava claro que o homem estava mesmo disposto a ameaçá-la, a agredi-la até vencer todas as suas resistências. Aliás, se era bom na técnica de interrogatório, ele já devia ter percebido que essas resistências estavam bem minadas pelo susto que ela tomara com a alteração radical de seu humor.

– Aquela história bonitinha que você contou lá na tua escola não confere, sabia? Na portaria do prédio alguém viu você saindo na noite do assassinato do coitado do professor. Vai parar de mentir e me contar direitinho onde andou, e agora mesmo!

Não foi o fato de sua mentira ter sido descoberta que mais alarmou Helena. Foi a mudança de tratamento. Ouviu aquele *você* repetido como um aviso de que podia esperar o pior. "Acabou o respeito." E ficou imaginando que ele em seguida começaria a usar "sua vagabunda" ou "sua vadia", como o pessoal da Barão de Mesquita. Depois da pergunta seguinte, feita com agressividade, não viu mais nada à sua frente. Estava longe, abstraída pelo vaivém de pessoas, Queirós que dava ordens, o delegado sentado atrás de uma escrivaninha, parecendo se divertir com a cena, e ela respondendo a tudo mecanicamente.

Mais uma vez tinham jogado pela janelinha da cela em que estava só, não sabia há quantos dias, já que a luz nunca era apagada, um capuz nojento em cima dela. Tinha que colocar, já sabia. A resistência das primeiras vezes tinha resultado apenas em palavrões e no contato horrível daquelas mãos segurando sua cabeça e enfiando nela, de qualquer jeito, o capuz preto com cheiro de vômito.

Estava sendo levada outra vez para o porão. Já conhecia a escada. Mas resolveram dessa vez inovar, e começaram a fazê-la rodar, como nas brincadeiras de cabra-cega. Que era aquilo? Mas a caminhada forçada e no escuro continuava, até que chegaram a um lugar refrigerado. Quando arrancaram-lhe o capuz, ela pôde ver à sua frente um grande vidro e, através dele, uma sala onde uma mulher estava de pé, sozinha.

– Quem é essa aí? – foi a pergunta de um dos "doutores" que já a haviam interrogado mais de uma vez.

Sem óculos, via realmente mal. E além disso, não queria reconhecer ninguém. Tinha medo do que ia ver.

– Não posso saber. Me tiraram os óculos. Sem eles não posso enxergar direito – conseguiu dizer com voz clara.

Mais berros e impropérios. Depois, um tempão ali, parada, sem que ninguém dissesse nada. Afinal chegou um soldado com cara de menino, carregando uma gaveta. Quando se aproximou, ela viu: a gaveta estava cheia de óculos; dezenas de pares de óculos. A visão a deixou tonta. "Meu Deus! Toda essa gente está aqui, como eu, privada de seus óculos, privada de tudo..." O momento de horror foi cortado pela voz de comando do "doutor": "Pega aí, anda! Descobre o seu ou um que sirva. Depressa!"

O seu decididamente não estava ali. O que isso

significava? Que havia outra gaveta cheia de óculos ou que os dela não estavam mais guardados? Nem deu para sentir medo pela conclusão que podia tirar daquela hipótese. Depois de experimentar uns dez, viu com clareza a mulher que estava lá do outro lado, com ar aterrorizado, provavelmente sem saber que estava sendo observada. Aquela sala superiluminada, do lado de dentro – ela já sabia – parecia feita de paredes sólidas. A visão, embora penosa, lhe trouxe um alívio. Não conhecia realmente a pessoa que estava ali.

– Esse serve, acho – murmurou, ajeitando os óculos.

Olhou então bem atenta através do vidro e declarou, firme:

– Não conheço. Tenho certeza de que não conheço. Nunca vi essa mulher.

Depois de alguns desaforos mais, não insistiram. Foi levada de volta à cela. Mas aquela gaveta cheia de óculos ficou para sempre gravada em sua mente. E parecia que estava ali, ainda, naquela delegacia, onde diziam que ela tinha matado um homem, seu colega, um professor, para ganhar um concurso!

De volta a casa, exausta, sem saber ao certo o que assinara como depoimento, contou ao marido o que se passara na delegacia, suas lembranças, omitindo porém o pesadelo da gaveta. Nunca havia falado naquilo com ele; com ninguém.

– Como eu devia ter ouvido você e não ter ido

sozinha! Tenho que deixar de ser teimosa – gemeu, encostando a cabeça no peito de Antônio.

– Acho bom começar a ser mais razoável. Chega de aflições, não acha? Mas não fique muito obediente, não, que eu vou estranhar. Afinal, me apaixonei por uma mulher de nariz para cima!

Ele ficou um bom tempo só acariciando os cabelos de Helena, sem dizer mais nada. Ela estava outra vez segura.

Depois do jantar, enquanto tomavam um licor, Antônio falou do que fizera enquanto ela estava sendo interrogada.

– Liguei para o Hélio, meu bem, e ele indicou um colega de escritório para acompanhar você. Ele acha melhor que não seja ninguém que já tenha atuado em casos de prisão política, por isso não fica com o caso. Claro que vai acompanhar tudo, mas não vai aparecer. Ele acha – e eu concordo inteiramente – que o clima policial não mudou tanto quanto a gente pensa ou gostaria. O advogado que ele indicou, Edson, se não me engano – anotei tudo, fique tranqüila – já foi à Delegacia ver seu depoimento. Pedi apenas que não chegasse enquanto você estivesse lá, porque não queria contrariá-la. Se soubesse que ia ser essa barra horrível... Bom, não adianta ficar imaginando se... Vamos pensar no futuro. Não quero que sofra mais com essa acusação absurda.

Depois de uma pausa, Antônio encarou a mulher e perguntou, sério:

– Você não tem nada a ver com essa morte, tem?

– Não acredito! Você está me acusando? Você também suspeita de mim, Antônio? Essa era a pior coisa que poderia me acontecer!

Antes que nova crise de desespero se manifestasse, ele falou, bem calmo:

– Não estou acusando, nem suspeitando de você. Quero apenas que fique tudo bem claro, para poder protegê-la melhor. Sei que você saiu naquela noite e não quis me dizer aonde ia; também ouvi parte de sua conversa com o Sílvio – vocês falavam alto naquela festa, meu amor. Muita gente deve ter ouvido aquelas loucuras. E sei que ultimamente você tem sido hostilizada por seus colegas do Instituto. Desculpe, mas preciso, peço, imploro que você me diga, com todas as letras, que não tem nada a ver com a morte do Luís Borges. Você pode fazer isso por mim?

Ele estava sério, mas a olhava de um jeito tão amoroso, que Helena sorriu.

– Não, meu querido. Não tenho nada, nada mesmo, com a morte do Borges. Juro. Está bem assim?

Marina recebeu, com um certo susto, a notícia de que já podia providenciar o sepultamento do marido. Aqueles dias tinham sido tão confusos que ela não pensara mais no assunto. Era como se já tivesse havido um funeral. Já tinha algumas informações sobre o processo de cremação, mas não se sentia capaz de tomar as providências necessárias. Resolveu pedir ao irmão,

Ricardo, que já se oferecera várias vezes para ajudá-la e a quem respondia sempre que estava tudo bem.

Ricardo morava em Petrópolis, em uma ampla casa, e fazia campanha para que todos os parentes e amigos se mudassem para a serra. "Por mais que Petrópolis tenha sofrido por sucessivas administrações incompetentes, ainda é muito melhor para se morar do que o Rio", dizia sempre que a conversa surgia. Marina respondia invariavelmente que ele só pensava assim porque tinha filhos pequenos. "Deixa os meninos crescerem para ver se eles não vão querer se mudar para cá", argumentava ela. O fato é que os anos passavam e os três sobrinhos continuavam a gostar de cidade pequena. A mais velha, de 14 anos, já estava namorando e era tão apaixonada por Petrópolis quanto o pai.

Algumas horas depois do seu telefonema pedindo socorro, Marina abriu a porta do apartamento para Ricardo.

– Foi só passar no escritório, explicar a situação e pegar a estrada – disse o irmão, respondendo ao espanto que ela manifestou pela rapidez com que ele a atendera. Assim que entrou, foi logo apresentando as desculpas de Maria José, sua mulher, por não ter vindo também. Marina quase nem o deixou falar.

– Que bom, que bom ter um irmão assim como você! – disse, comovida. O abraço apertado, amoroso, que se seguiu à exclamação não era comum entre eles, mas Ricardo entendeu e apreciou a manifestação da irmã. "Pobrezinha, agüentar sozinha tudo isso! Deve ter sido, estar sendo, terrível. Não posso sequer imaginar o que me aconteceria se perdesse a Maria José, ainda mais de repente", pensou.

Advogado, Ricardo tinha a facilidade para lidar com burocracia. Ligou para a funerária, foi ao Instituto Médico Legal, marcou a cremação sem demora para o dia seguinte. Marina queria pouca gente na cerimônia; só ia comunicar mesmo a quem fosse indispensável. Ligou para o jornal e pediu a Leila que avisasse a direção e os colegas mais próximos. Ligou para Ana Lúcia e para a secretária de Borges, e pediu que ela avisasse alguns professores. Ficou na dúvida: falaria com Helena? Melhor, não. Sabia da relação complicada dela com o Borges e também que estava sendo investigada. Seria constrangedor. E Esteves? Esse, de jeito nenhum! Resolveu restringir a lista a outros dois amigos pessoais e pronto!

Nenhuma das pessoas presentes tinha assistido antes a uma cremação. A sala de construção recente já era uma novidade. Cadeiras confortáveis, bem diferentes dos bancos das capelas dos velórios comuns. O caixão, fechado, em frente a uma cortina pesada que escondia uma porta, destoava do ar geral de sala de visita; mas nada lembrava um cemitério. Na realidade, ninguém sabia muito bem como se comportar ali nem o que ia acontecer. Madalena, apesar de consternada pela morte do chefe querido, estava excitada. Ana Lúcia mais de uma vez pediu que ela falasse menos. Leila, que não saiu do lado de Marina, de vez em quando olhava ansiosa para a porta, esperando que chegasse algum chefão do jornal. Afinal chegou o gerente de marketing, que cumprimentou a viúva em nome da direção. O detetive Queirós, vestido um pouco mais discretamente do que em dias comuns, entrou na sala e se sentou na última fila, observando tudo com ar bastante compungido.

Todos fizeram um movimento espontâneo para a frente, formando um grupo compacto mais próximo a Marina e ao caixão, quando um funcionário, vestido com um terno impecável – coisa nunca vista em enterro – chegou e falou algo no ouvido de Ricardo. Madalena, a secretária de Borges, não se conteve:

– Quem é aquele homem segurando o braço da dona Marina? Que eu saiba o professor não deixou nenhum parente próximo; só a mãe.

– Fica quieta, criatura. É irmão dela – sussurrou Ana Lúcia, que havia chegado cedo, como de hábito, e já cumprimentara Ricardo, quando Marina entrou com ele.

O homem trajado de preto foi até um grande interruptor, que foi acionado. A cortina se abriu, uma música suave começou a tocar e o caixão foi deslizando vagarosamente em uma esteira – cuja existência, de tão discreta, ninguém tinha percebido –, atravessando a porta de ferro, que se abriu apenas o suficiente para lhe permitir passar e continuar a deslizar. Houve uma certa perplexidade quando logo em seguida a porta se fechou, e na frente dela a cortina. Era como se nada tivesse acontecido. O único gesto foi o de Marina apertando o braço do irmão com força.

Os dois foram se dirigindo logo para a saída e cumprimentando cada pessoa, sem palavra. Até o detetive Queirós recebeu um aperto de mão protocolar de Ricardo; Marina fingiu que não o viu. Depois que eles saíram, Madalena começou a chorar e comentou com Ana Lúcia:

– Que coisa esquisita! Não sei se quero ser cremada, não! – enquanto todos se retiravam em completo silêncio.

Regina ouviu a notícia de que o corpo de Borges ia ser cremado, e ficou muito perturbada. Saiu do Instituto completamente tonta, sem saber que rumo tomar. Ligou para Pedro outra vez, como já tinha se tornado um hábito, dizendo que precisava vê-lo.

– Meu amor, não posso deixar o trabalho agora, mas dentro de uma hora, saio daqui direto para sua casa. Pode me esperar.

A resposta sempre solícita do namorado deixou-a com remorsos. “Não é direito explorar o Pedro assim. E ele é capaz de ficar chateado quando souber que minha aflição é por causa do enterro do Borges. Mas não se pode apagar alguém assim, de repente, do coração. E é horrível essa história de um homem ser transformado em cinzas. Para mim é muito chocante, e isso ele tem que entender!”

Quando Pedro chegou, ela já tinha decidido não falar no assunto, isto é, não citar sequer o nome do falecido. Inventou um problema de trabalho, queixou-se da insegurança que sentia agora em relação ao namorado, começou até a fazer uma ceninha de ciúme referindo-se ao tempo em que tinham estado separados, como se fosse ele que a tivesse deixado.

Pedro já conhecia todas essas manobras. Já tinha tido sua batalha contra Antônio, marido de uma professora do Instituto, com quem Regina cismara de ter aulas. Na ocasião, ela também tentara inverter a situação, inventando um interesse dele por uma colega e pensava que ele não havia percebido. Mas, felizmente, aquilo não durara muito. Descobriu depois que Antônio tinha quase como hábito seduzir as alunas novas. Sabia que com Borges tinha sido diferente; coisa séria. Teria que lutar ainda um bom tempo contra o fantasma do rival. "Alma do outro mundo eu tiro de letra", pensou ele otimista, olhando embevecido Regina que se movimentava pela sala e pela cozinha, arrumando uma bandeja com castanhas e bebida para os dois.

Depois do rápido e asséptico ritual da cremação, Ricardo convidou a irmã para jantar e conversarem um pouco antes de voltar a Petrópolis. Marina queria conhecer um restaurante novo em Botafogo e adorou a idéia. Com outra pessoa ela não teria coragem de combinar um programa fútil desses naquele dia.

O restaurante era de fato bom e, principalmente, muito agradável, com uma decoração ousada, mas muito bonita. Ricardo recomendou o vinho Quinta da Bacalhoa, que Marina adorou, e ambos pediram massa: um penne ai funghi, para ele, e um fettucine com molho de aspargos e limão para ela e depois uma sobremesa, que Marina há muito dispensava, com medo de engordar, foi pedida também.

Ricardo a observava, satisfeito por vê-la bem, mas com uma certa inquietude. Na verdade, ele nunca tinha entendido bem Marina. Sempre fora 'certinho', estudioso, e a irmã, rebelde. Os pais ficaram muito desapontados quando, depois de ter concordado em fazer faculdade – para o que eles tinham insistido muito –, a filha escolhera jornalismo.

"Jornalismo é profissão de quem não dá para mais nada", sentenciara o engenheiro Mário Mazzoli. Os pais tinham morrido sem ver o sucesso profissional de Marina, que o irmão reconhecia mas, ao mesmo tempo, lamentava. "Ela é tão inteligente! Sempre soube, na verdade, que era mais inteligente que eu. Mas acho também que ela sempre desperdiçou seu talento. Se tivesse uma profissão mais séria..."

– Que está pensando esse meu irmão tão sisudo? perguntou Marina. – Afinal, viemos aqui para conversar, eu estou comendo como uma abadessa, e você com ar de quem está examinando um processo. O que há?

– Estava aqui pensando em seu marido. Como na verdade nunca o conheci, nunca tive uma conversa longa com ele. Somos uma família fechada ou o Borges era um homem esquisito?

– As duas coisas, manito. Nós dois também nunca tivemos grandes conversas depois de adultos. A Maria José é encantadora, sempre foi amável comigo, não tem nada de esquisita, e eu também não sei quase nada dela. Quem sabe agora vamos nos conhecer melhor? Não que o Borges fosse um empecilho, Deus me livre de dizer uma coisa dessas! Mas eu sozinha talvez vá mais a Petrópolis. Estava esperando que as hortênsias voltassem, mas como vocês não deram um jeito nisso, vou ter que agüentar aqueles lírios amarelos em lugar daqueles lindos tons de azul da nossa meninice, quando papai nos levava ao Quitandinha.

A menção ao pai fez os dois caírem nas recordações de infância, principalmente do tempo passado no sítio de Itaboraí. Eram muito ligados naquela época e faziam mil coisas juntos, como matar rolinha e comer ali no campo mesmo, assada. Levavam carvão e fósforo escondido da mãe, que ficaria horrorizada se soubesse.

– Como criança é cruel – comentou Ricardo, quando aquela história foi relembrada.

– É, mas quem matava era você, que era bom no bodoque. Eu só limpava a bichinha e botava no espeto – respondeu de pronto Marina, rindo.

Ricardo lembrou então da história do cavalo morto depois de pastar, porque o empregado não tinha prestado atenção a uma erva venenosa que havia naquele terreno.

– Papai ficou uma fera e nós tristíssimos com a morte do Valente, lembra?

– Curioso – comentou Marina –, tinha esquecido completamente dessa história.

À saída do restaurante, despediram-se afetuosamente. Marina pegou um táxi para casa, e Ricardo saiu diretamente para a serra, com uma sensação boa. "Ela é forte. Como está tranqüila, bem-humorada, até. E eu, sempre mais bobo, morrendo de pena dela."

No outro dia, o pessoal do Caderno recebeu Marina com muito carinho. "Viva!", "Estávamos com saudades!" Geraldo, o subeditor, que estava trabalhando na mesa dela, levantou-se imediatamente, solícito:

– Que bom que você está aqui. Devolvo seu lugar com a maior alegria.

– Não, não. Obrigada, Geraldo, mas não estou voltando. Ou melhor, ainda não estou voltando. Queria apenas ter certeza de que o mundo exterior continuava igual. Que esta redação estava aqui, que vocês estavam aqui. Ainda não tenho condições de voltar à rotina, não. Talvez até devesse; talvez fosse bom para mim. Mas não me sinto com energia para isso, não.

– Como você preferir, Marina. Mas fique sabendo que o pessoal está reclamando à beça. Não tenho a menor condição de preencher seu lugar.

– Imagina... gentileza sua, que agradeço. Mas, vamos deixar de rapapés. Estou com fome de normalidade. Quero dar uma olhada nas pautas, xeretar um pouco e depois vou embora.

Leila, que já tinha se aproximado, depois de bater palmas à entrada da chefe e amiga, puxou uma cadeira e começou a conversar como sempre faziam.

– Me lembrei muito de você dando bronca na

gente, outro dia, porque ninguém dava idéia de pauta. Sabe o que estou fazendo? Uma lista enorme de assuntos que eu acho que podem render boas matérias. Claro que você vai achar a maior parte bobagem, já estou acostumada com suas críticas radicais. Mas garanto que vão sobrar algumas idéias boas.

– Naquele dia, aliás, você foi ao Jardim Botânico, não foi? – comentou Geraldo. – É o tipo do lugar que faz a gente descansar, arejar os neurônios. Eu passeio muito lá com minha mulher e a Clarinha. Mas duvido que dê grandes pautas. Você farejou algum assunto por lá?

Marina não disfarçou o espanto.

– Como é que você sabe que eu fui ao Jardim Botânico? Eu não falei para onde ia com ninguém aqui! Aliás, quando saí, ainda não sabia para onde estava indo.

Leila deu uma de suas risadinhas típicas, em geral seguidas de comentários inoportunos, como o que acabou mesmo fazendo:

– Ih! Acho que o Geraldo anda seguindo a chefe. Eu, se fosse você, Marina, ficava desconfiada dessa história.

Geraldo ficou encabulado.

– Que é isso, Leila? Que bobagem! Minha irmã trabalha na biblioteca do Jardim Botânico e me disse que Marina esteve lá.

E, dirigindo-se a Marina, quase como quem pede desculpas:

– Ela queria se apresentar, mas desistiu porque você estava concentrada na leitura de uns livros de botânica, sobre plantas carnívoras ou tóxicas, não lembro bem.

– É, a Leila tem razão. Tenho que ficar mais alerta. Não dá para a gente andar por aí, incógnita – tentou brincar Marina, bastante sem graça.

Houve uma pausa na conversa, que tinha ficado um tanto sem nexo. Marina deu graças a Deus por ver que Lemos, o editor-chefe do jornal, dirigia-se a ela de um jeito amável.

– Ora, ora, que surpresa boa! Como é, pronta para voltar ao batente?

– Não é bem o caso... Eu estava até dizendo aqui para o pessoal....

– Vem até minha sala, Marina. Vamos conversar um pouco.

Foram apenas uns poucos minutos na sala do chefe, mas praticamente não houve conversa, porque os dois foram interrompidos por várias ligações telefônicas e pelo editor de política. O Secretário de Segurança do Estado tinha sido exonerado e a opinião do jornal a respeito do caso ainda estava sendo discutida pela cúpula. Pelo que ouviu, Marina pôde apenas saber que seria feito um editorial sobre a queda do general, nomeado há apenas três meses. Mas dava para entender também que não havia ainda consenso a respeito do teor do tal editorial. Enfim, era um momento bem pouco tranqüilo para uma conversa com o editor-chefe.

Na verdade, Lemos não tinha nenhum assunto especial a tratar com ela; queria apenas formalizar as condolências, que já tinha enviado por um extenso e-mail, e reafirmar o apoio que os donos do jornal já tinham garantido a Marina, bastante prestigiada na empresa.

– Você sabe que é muito querida aqui – finalizou com um inesperado gesto de carinho passando a mão no cabelo dela.

O tempo na sala do chefe e o toque afetuoso não foram suficientes para minimizar a observação do Geraldo e o desapontamento que sentira com ela mesma pelo fato de ter ficado tão desconcertada. "Também, não faz nem três semanas. Como o tempo é estranho; para mim, aquilo foi há séculos", pensou, ao rememorar sua ida à biblioteca do Jardim Botânico.

– Vou sair. Quero ter idéias de boas pautas, que ninguém mais me traz. Vou conversar com gente inteligente – avisou Marina ao pessoal do Caderno, já com a bolsa a tiracolo.

– Nossa!, a chefinha está zangada? – pergunta o Pedro José, responsável pela informação para a página de Serviço, sobre teatro, música e balé.

– Zangada não é a palavra certa, Dom Pedroca. Mas sou mulher distinta e por isso não vou dizer exatamente como estou me sentindo. Aproveitem que vou ficar umas três horas fora.

Marina chega ao Jardim Botânico e decide dar uma volta e espairecer, antes de procurar o professor

Luiz Edmilson. Deu sorte. A tarde ensolarada fez micos e caxinguelês saírem dos esconderijos e ficarem brincando nas árvores, tornando ainda mais bonito e repousante o passeio pelo parque. As borboletas também pareciam dispostas a dar espetáculo aos poucos visitantes que tinham o privilégio de estar ali em uma tarde de dia útil. "Pensando bem, domingo é que é dia útil para a maioria das pessoas", registra ela, já pensando em uma pauta para reportagem de comportamento sobre lazer em dias de semana e trabalho em fins de semana.

Caminhou um pouco antes de chegar ao gabinete do botânico Luiz Edmilson e se anunciar. Ele veio até a porta e cumprimentou-a amavelmente, mas tentando descobrir de onde a conhecia. Marina socorreu-o logo:

– Fiz uma entrevista com o senhor, no Aterro, quando aquela palmeira do Ceilão, que o Burle Marx plantou, começou a dar flor, lembra? Sou Marina, do Caderno.

O velho botânico desmancha-se em sorrisos.

– Ah, a palmeira *corypha umbraculifera*, do Sri Lanka, que beleza! E você viu que agora quatro outras estão também começando a dar flor? Não é um espetáculo?!

– Bem, acho lindo, mas este nome científico confesso que não guardei, não. Na matéria escrevi direitinho e sua entrevista saiu ótima. O senhor até ligou para a redação para elogiar e eu fiquei orgulhosíssima. Bem, professor, vim olhar o jardim, que há muito não visitava, para ver se havia novidades, e me lembrei de lhe fazer uma consulta. Há aqui um viveiro com plantas carnívoras – ou insetívoras – como o senhor prefere, mas não há nada sobre plantas venenosas. Sei lá, pensei em abordar este assunto no jornal... Há muitas plantas venenosas no Brasil, professor? Por que não há um setor especial para elas aqui no Jardim Botânico?

– Esse tema é fascinante, embora um tanto sinistro. Há plantas que têm folhas venenosas, em outras são os frutos, em outras ainda as raízes. Veneno, porém, é uma palavra vaga. Vamos falar em efeitos tóxicos... Mas agora, me desculpe, minha filha, já estava me empolgando e falando, esta conversa certamente irá muito longe, e estou no meio de um trabalho bastante complicado e urgente. Você não quer marcar outro dia para a gente conversar sobre isso?

– Desculpe, devia ter marcado uma hora. Mas pensei no assunto de repente... o senhor não podia só me indicar um bom livro sobre isso? Assim eu leio e venho lhe falar outro dia, um pouco menos ignorante. Poupo seu tempo.

– Assim está bem. Vou levá-la à biblioteca e no fichário, por assunto, você encontra o que está procurando, E, se tiver tempo, pode ler aqui mesmo.

A bibliotecária, muito gentil, assegurou ao pesquisador que cuidaria bem da visita. Com sua orientação, Marina achou logo um livro e uma tese de doutoramento sobre o que queria. Mergulhou na leitura, fazendo anotações, e, quando reparou, já tinha passado a hora em que devia voltar para o jornal. Ligou de seu celular para a redação e, sabendo que tudo estava correndo sem qualquer problema, avisou que iria para casa. Enquanto falava com o rapaz que estava fechando a primeira página do Caderno, e acertava com ele alguns detalhes de títulos, notou que só havia um contínuo na biblioteca, olhando para ela. Depois de desligar, perguntou:

– Onde está a funcionária que me atendeu? Quero devolver os livros.

– Ah, saiu todo mundo. Já passou da hora de fechar. Fiquei para apagar a luz e trancar a porta.

Esteves saíra cedo do Instituto, onde afinal havia uma certa calmaria, que, aliás, não lhe agradava. A caminho de casa, de ônibus, desceu um ponto antes e parou na padaria para comprar biscoitos de polvilho. Tinha verdadeira mania por aqueles biscoitos levinhos, cheios de ar e tão gostosos. "Engana quatro", como chamava sua mulher, que não achava a menor graça neles. "Também, ela acha graça em quê? Bem feito por eu ter casado com uma caipira. E o pai nem tinha tanta grana assim como parecia. Enfim, não posso reclamar. Moro hoje bastante bem, graças à morte do velho."

Estava completamente distraído, carregando com cuidado o pacote de biscoitos, lembrando do sogro e da fazenda dele nos arredores de Goiânia, quando ouviu um ruído forte de atrito de pneus no asfalto. Ao virar-se, não deu para desviar. O carro vinha em cima dele. Era uma mulher que estava ao volante, foi tudo o que viu antes do impacto. Quando se deu conta, estava estatelado de costas na calçada, com um monte de rostos em cima dele.

– Já chamaram a ambulância?

– O homem ainda está vivo?

– É alguém conhecido?

– Alguém anotou a placa do carro?

Ele nunca saberia dizer se tinha desmaiado de novo por causa da dor forte que começou a se espalhar pelo seu peito ou se de horror por estar sendo objeto de curiosidade no meio da rua. Acordou no hospital, imobilizado.

José Queirós chega em casa cansado. O carro velho tinha enguiçado, e logo na Avenida Brasil. Quando estava com o capô levantado, olhando sem entender nada aquele emaranhado de fios e tubos do motor, ouviu outro carro parando. Lembrou-se logo, irritado com sua falha, que tinha deixado a arma dentro do veículo. Mas, antes que estabelecesse uma tática de defesa, para o caso de ser mesmo um assalto, como imaginava, ouviu a voz gozadora do compadre gritando:

– Larga essa lata velha aí; eu dou carona.

Carlão era vizinho de Queirós no Jardim América. Trabalhava na Prefeitura e era excelente mecânico. Já tinha ganho inclusive um bom dinheiro comprando carros em mau estado e revendendo depois de cuidadosos reparos. Deu um jeito no Chevette do amigo em menos de meia hora. Era questão de limpeza e ajustes, nada de mais. Combinaram uma cervejinha para mais tarde, na casa do detetive.

Quando Queirós chegou em casa, a mulher e a cunhada estavam preocupadas com sua demora.

– É, maninha, quem mandou casar com tira? É como vida de mulher de aviador, ou de bombeiro. Mas não comece a chorar, não; seu herói já chegou aí – brincou Rosimar, vendo o cunhado estacionar o carro na porta.

Ele contou o problema que tivera com o carro e o encontro com Carlão.

– Não sei se a gente tem cerveja em casa – disse Maria Rosa.

– Eu vou comprar, que jeito! – suspirou Queirós.

– Não, pode deixar que eu vou – disse Rosimar com seu ar alegre e despachado de sempre, salvando a situação.

Queirós foi até o quarto do filho, que dormia aquele sono profundo, como só crianças conseguem. Guilherme era a razão de ser de sua vida. Tinha sido uma enorme alegria quando a mulher, depois de seis anos de casamento, lhe avisara que estava grávida. A ele doía muito o fato de seus pais e dos amigos viverem cobrando: "Como é, não vem herdeiro por aí, não?" A mulher tinha até lhe pedido que fizesse uns exames, mas ele não admitiu sequer a hipótese de que podia ser estéril. "Mas nem que a vaca tussa eu vou querer doutor fuxicando para ver se sou homem mesmo", tinha sido sua reação indignada. Não adiantou nada Maria Rosa tentar explicar, como tinha ouvido da médica do posto, que não se tratava de pôr em dúvida a virilidade dele. "Mas Zé, você acha que eu posso duvidar de você? Tem sentido uma coisa dessas? O caso é que eu já fiz todos os exames; por que você não pode fazer também? Você não quer tanto que eu te dê um filho? Então?" "Não se fala mais nisso aqui nessa casa", fora a resposta final. Felizmente, uns seis meses depois, a gravidez se anunciou. Foi uma festa.

Ao ver o marido contemplando o menino, Maria Rosa quis logo contar a última do Guilherme, que, com três anos, todo dia inventava uma moda. Agora queria ganhar um revólver, para ser igual ao pai.

– Ah, essa é que não. Não vou criar moleque para depois ele virar polícia, não. Quero um futuro melhor para meu filho.

– É tão ruim a profissão? – perguntou Rosimar, enquanto colocava as cervejas na geladeira.

– Se você quer saber mesmo, é uma merda. Tem seus lances interessantes, mas o salário é péssimo e a gente passa muito vexame... Agora mesmo estou às voltas com professores de universidade, imagine só. Até uma guerrilheira, que se fez de santinha e quase me enganou, está na jogada.

– Guerrilheira? E tem guerrilha no Brasil, Zé?

– Não tem agora. Mas você não sabe que teve, não? O Exército é que acabou com a bagunça. Foi quando os militares deram um jeito no país. E essa tal foi até presa. Mas soltaram, e aí é que está o problema. Fica lá dando aula, sabe Deus de quê, e é capaz de matar gente. É uma das suspeitas no meu novo caso, do cara que morreu na piscina.

– Pensa bem, Zé. Se a mulher dá aula, trabalha,

como é que é guerrilheira? Como é que vai matar alguém?

– Você não sabe de nada, ô garota. As aparências enganam.... Estou doido para botar a mão em um bacana. O chefe não gosta dessas idéias, não. Ele tem horror a comunista. O irmão trabalhou duro no governo dos militares, dando uns corretivos em uns. Naqueles tempos em que ninguém ficava vigiando o trabalho policial, falando em direitos de bandidos, e o Exército ajudava. Mas prefere não mexer, quando é gente que mora na zona sul, em prédio chique. Aliás, como é que pode, uma pessoa que tem tudo, mora bem, ser comunista? Dá para entender?

– Você vai me desculpar, mas você não sabe nem o que é comunista. Naqueles tempos, que você acha bons, e que eu acho que era uma desgraça, porque ditadura não conserta nada, muita gente boa, de classe média – estudantes, professores – entrou na luta armada, porque era socialista ou só queria democracia.

– Vem cá, Maria Rosa, que conversa é essa da tua irmã? Estou estranhando muito. Ela agora tá metida em política, é?

– Então tu não sabe, que a Rosimar desde que entrou para a faculdade está com esses papos, não? Ela até diz que vai estudar sociologia... E anda aí em umas reuniões de associação de moradores.

– Pelo amor de Deus! Não vai dizer que temos comunista na família. Era só o que me faltava!

Rosimar estava achando graça na preocupação do cunhado. Resolveu botar mais lenha na fogueira.

– Comunista não come criancinha, não, Zé. Mas, fique tranqüilo, que eu só estou é indo a reuniões de moradores aqui do bairro que querem consertar um pouco essa porcaria. Tem até padre, lá. Agora, vai ver que essa sua professora, que você acha tão suspeita, é até pessoa muito séria. Pára de pensar com a cabeça do delegado Dantas, homem. Aliás, a cabeça do seu chefe é bem torta, pelas histórias que você conta.

A entrada do Carlão interrompeu a conversa, felizmente para Queirós, que gostava muito da cunhada, mas não podia deixá-la falar aquelas coisas do doutor Dantas. Bom mesmo era que o compadre vinha para tomar cerveja e contar aqueles casos que só ele sabia, para todo mundo rir junto. E assim ele esquecia um pouco o trabalho. Maria Rosa, depois de abraçar o visitante, já tinha ido para a cozinha fazer pipoca no microondas. Ele tinha comprado aquele forno de presente de Natal, e vivia chateado com o fato de a mulher não conseguir usá-lo. Mas depois que ela descobriu como era fácil fazer pipoca, foi o contrário.

Rosimar, porém, não queria mudar o papo. Assim que sentaram em volta da mesa, copos cheios, uma grande tigela de pipoca quentinha no meio, ela recomeçou.

– O Carlão já foi numa dessas reuniões de associação, não foi?

Queirós voltou-se espantado para o amigo, que deu uma de suas gargalhadas e respondeu:

– Fui e vou voltar. Rapaz, você não sabe quanta

mulher bem falante vai nesses lugares. Eu gosto de ver. Os homens ficam quietinhos. Quando algum aparece mais, pode apostar: está querendo se candidatar. Porque o que mais dá nessas reuniões é candidato a vereador. Rosimar, você não está a fim de virar vereadora, não? Pensa que não vi você lá, parecendo político mesmo, dando opinião em tudo? Se for candidata, conta com meu voto.

Todos riram e Queirós não quis fazer perguntas na frente das duas mulheres. Maria Rosa apareceu providencialmente com uns sanduíches de carne assada, que todos comeram com muito gosto, e a conversa girou em torno das gracinhas do Guilherme e de mexericos sobre a vizinhança. Mais tarde, quando foi levar o Carlão até a calçada, o detetive não resistiu:

– Escuta, compadre, você vai mesmo a essas reuniões? Isso não é coisa de comunista, não?

– Compadre, compadre. Pára de ser polícia da antiga. O pessoal dessa associação está pensando é em esgoto, posto de saúde, curso para adulto... Claro que deve também ter pilantra lá, como em todo lugar; gente aproveitadora. Mas a maioria é como tua cunhada; é gente muito fina. E pode ter comunista também. E daí? Há quem diga até que o comunismo acabou. Comunismo é idéia, homem. Como é que você ainda pensa que tem que combater idéias? Bem, boa noite, a conversa foi ótima, mas amanhã vou dar um duro danado.

Quando entrou outra vez em casa, Queirós estava muito pensativo. Foi direto para o quarto, mas custou a dormir. Será que ele estava se deixando levar pelo Dantas? A Rosimar podia estar certa. A cunhada era inteligente, isso ele tinha certeza. Lembrou da professora Helena, tão séria, primeiro no Instituto e depois, assustada, na delegacia, mas sem dizer nada errado... Como teve coragem de interrogá-la daquele jeito, como se ela fosse um bandido?

Reagiu, quase como se estivesse ouvindo o delegado: "Queirós, estás ficando frouxo, homem. Não vai atrás de conversa de mulher, não. Afinal, a guerrilheira pode muito bem ter aprendido a enrolar polícia." Adormeceu planejando investigar melhor os passos da professora.

Maria Augusta estava em um de seus raros momentos de felicidade. Tinha descoberto um desenho novo em uma revista argentina e decidira pintar uma louça inteira. Naquela aula apresentara o projeto à professora, que não só aprovara como elogiara muito. E ela não era de elogiar idéias alheias. Gostava que as alunas ficassem copiando suas criações. Quase sempre torcia a cara para os motivos que as alunas propunham. Mas aquelas tulipas azuis tinham encantado a mestra. E Maria Augusta havia conseguido fazer logo um esboço muito bom em um pires. Ia começar pelos pires. Faria um serviço de chá, primeiro. Se desse certo – e se ela tivesse fôlego – pintaria pratos de sobremesa e também dos grandes. Quem sabe até umas travessas? Já estava vendo os pratos postos na mesa, com uma daquelas toalhas de linho que ainda guardava do enxoval, para um jantar bem elegante que daria... Jantar para quem? Ela e Esteves?

Quando a chamaram ao telefone ficou contrariada por seu devaneio ter sido interrompido, embora já estivesse ficando melancólico. Quem podia ser? Não se lembrava de ter dado o telefone do curso a nenhuma amiga. Tinha tão poucas... Era a empregada.

– Não estou entendendo o que você fala, criatura. O que pode ter acontecido de tão grave para você ligar para cá? Fala devagar.

– Dona Maria Augusta, é que eu não entendi o nome do hospital, mas disseram que 'seu' Esteves está no hospital. Eu ia escrever o nome, mas demorei e o homem desligou. O que eu faço?

– Hospital? Você tem certeza? Minha Nossa Senhora! Como é que foi isso? Vou já pra casa e se ligarem de novo, pede para esperar e anota tudo, bem devagar. Já estou indo.

Quando localizou o marido, depois de muitos telefonemas, viu logo que o caso não era sério. Embora se queixando de que estava "todo machucado", Esteves a tratou como sempre, dando ordens. "Não esquece de trazer o cartão do plano de saúde, senão vou morrer mas é para pagar isso aqui", foi a recomendação final, sem acréscimo de expressão que desse idéia de que estava falando com a mulher com quem vivia há mais de vinte anos e, durante todo este tempo, tentava tornar sua vida a mais sem problemas possível.

Esteves não gostava de hospital. Aliás, tinha um pânico de médicos e hospitais. Mas estava ali, sendo levado de uma sala para outra, sem nenhuma escolha. Quando a maca entrou em outra daquelas salas geladas cheias de aparelhos, se espantou com uma máquina esquisita, com um arco metálico que, como uma camisa-de-força, fechava parte da cama onde o colocaram. E as instruções do médico eram as mais alarmantes. "Uma voz vai mandar você parar de respirar; suspenda a respiração. Só respire quando a mesma voz anunciar que já pode continuar a respirar normalmente. Isso vai se repetir várias vezes. Mantenha-se absolutamente imóvel. E fique calmo."

Em outras ocasiões, esse ridículo "fique calmo" iria fazer o professor rir. E debochar. Mas agora ele estava apavorado. Sequer teve coragem de perguntar por que estavam fazendo aquilo. Para que servia aquele exame. Tinha simplesmente que obedecer.

Depois que "a voz" já tinha dado várias ordens de "pare de respirar" e "respire", com aquele arco, com luzes no interior, de onde vinha a tal voz, movimentando-se sobre todo o seu corpo inerte, tudo cessou e o médico reapareceu. Ufa, estava acabado! Não, não estava. O gentil profissional de branco estava agora perguntando:

– O senhor é alérgico a iodo?

– Alérgico? – Ele não lembrava de alergia nenhuma... Mas, como saber? Ah, lembrava agora, quando era pequeno e se machucava nas brincadeiras com os amigos, a mãe botava iodo nas feridas.

Ai..., como doía... – Não, acho que não sou não – conseguiu balbuciar.

A enfermeira chegou com uma seringa, segurou seu braço esquerdo – que desde o início da tortura estava para cima, como o direito – e começou a procurar a veia. A picada da agulha, a uma altura daquelas, era o de menos. Sentiu o líquido abundante entrando, a agulha retirada, a tal da máquina voltando a se movimentar e a dar ordens. E seu coração batendo com violência. Seria medo? Não... já nem sentia medo. Era algo estranho que começava a acontecer com seu corpo.

– Meu batimento cardíaco está muito mais forte – conseguiu falar alto.

A enfermeira que havia aplicado a injeção aproximou-se, olhou bem para seu rosto e, com voz alterada, chamou o médico.

– Já acabou, senhor Esteves. Vamos retirá-lo do tomógrafo. Fique tranqüilo. Parece que o senhor teve uma pequena reação alérgica ao iodo.

Quando estava sendo outra vez colocado na maca, Esteves viu seus braços e ficou apavorado. Estavam vermelhos e inchados. Tentou ver as pernas, mas não conseguiu. Sentiu que a maca era empurrada com mais e mais velocidade, e os homens que a conduziam falavam muito. Chegou a uma espécie de hall com umas divisórias de pano que foram se fechando e formando um quarto improvisado. A enfermeira, nervosa, começou a puxar a camisola que Esteves vestia, para lhe aplicar eletrodos no peito. Conseguiu ainda perguntar para que era aquilo.

– Tenho ordens de fazer um eletro no senhor com a maior urgência. Por favor, se acalme.

Não conseguiu mais se comunicar com a moça, pois, do outro lado, um homem lhe enfiava uma agulha na veia da mão enquanto outro fixava um aparelho de soro e ia colocando nele vários medicamentos.

– Chamem minha mulher. Ela deve estar me esperando no quarto – pediu ele, quando sentiu que seus ombros e braços estavam fazendo movimentos completamente sem controle. "Estou tendo convulsões, é isso", pensou, enquanto estremecia todo em cima da maca.

Pela primeira vez na vida tinha sentido um grande conforto ao ver Maria Augusta. Ela chegou com aquele jeito de quem está sempre um pouco deslocada, disse "olá" e ficou olhando para ele.

– Como é que eu estou? Com essa coisa no meu pescoço, não posso me virar muito. Mas os braços e as mãos, que estou vendo, continuam vermelhos e inchados.

A mulher custou a responder.

– Você está todo assim. Seu rosto está inchadíssimo. O que foi que lhe fizeram?

Esteves não respondeu. Ainda tinha uns espasmos de vez em quando. Resolveu fechar os olhos e imaginar que estava longe daquele horror.

Algumas horas depois foi levado de volta ao quarto. A mulher garantiu que ele estava readquirindo o aspecto normal, desinchando aos poucos e que a vermelhidão estava cedendo.

– A pele está menos áspera, menos assim, como de jacaré... – disse, passando a mão no peito de seu pé.

– Como é ? Jacaré?

– Desculpe, meu querido, mas foi a primeira coisa em que pensei quando vi você. Estava todo embolotado, sei lá a palavra para isso, e com os olhos vermelhos, me lembrou um jacaré. Não fique ofendido, é uma maneira de dar uma idéia a você de como o vi quando cheguei na emergência...

Ao ouvir aquilo, o marido ficou de olhos fechados outra vez, para se isolar, e Maria Augusta gostou. Não sabia o que fazer ou dizer, tinha sempre receio de que Esteves risse ou ficasse zangado. Tinham tão pouco contato ultimamente... Se não fossem as aulas de pintura em porcelana, sua vida seria uma grande solidão. Às vezes, tinha saudade do tempo em que vivia em Goiás, da fazenda do pai... Mas aquela vida estava tão longe, fazia parte de um passado tão... passado, acabado, destruído. Algumas lágrimas vieram aos seus olhos. Enxugou e ficou satisfeita de o marido não ter visto nada. Ele ficava furioso quando a via triste. "Está infeliz, é? Não queria morar no Rio de Janeiro, conhecer o mundo? Está achando ruim por quê? Eu não presto mais, é isso? Vai, volta para a roça!" Ela já sabia de cor a cantilena dele nessas ocasiões.

Depois de todos os exames – a tomografia computadorizada tinha sido o último e ele desconfiava de que, depois do choque anafilático que tivera, e que podia tê-lo matado, os médicos haviam desistido de procurar qualquer lesão séria –, Esteves recebeu alta, com o diagnóstico de duas costelas quebradas. Deixou o hospital com largos esparadrapos na área das fraturas e nada mais. Tinha apenas que fazer nova radiografia dentro de duas semanas.

Em casa, já no seu humor ácido normal, ligou para Helena Bernardes. Contou em detalhes o que lhe tinha acontecido no hospital. Ela não entendia o porquê daquele relato. Escutou tudo muito desconfiada. Seria verdade? E, se fosse, o que pretendia aquele mau-caráter com esse telefonema? A inquietação transformou-se subitamente em nojo. Não podia acreditar no que estava ouvindo.

– É, professora. Estou querendo informar à senhora que estou vivo, vivinho. E que vou logo em seguida ligar para a delegacia daquele simpático senhor Dantas e contar tudinho a ele e ao Sherlock Holmes que andou fuçando minha vida no Instituto e aqui em casa. Vou dizer a eles também que vi o carro que me atropelou e a simpática e combatente professora que o dirigia. Vou mesmo garantir que não foi acidente, mas que me pareceu uma tentativa desesperada de uma perdedora. Afinal, quem acaba com um pode muito bem querer acabar com outro. Essa história de matar, dizem, é como coçar. Começou, dá vontade de continuar...

– Você bebeu, Estevão? Que conversa cretina é essa? Você não acha que temos muitos problemas sérios, não, para você ficar de brincadeira sinistra?

Sei que você não é amigo de ninguém, mas pelo menos respeita a morte do Borges!

– Estou sóbrio, minha coleguinha. E quem devia estar com remorsos pela morte do queridinho – ex-queridinho, não é? – era você, não eu, que sou inocente. Não fique bancando a desentendida, não. Vou ligar para a delegacia agora mesmo e sua situação vai ficar ruim. Além de suspeita do assassinato do Borges, vai enfrentar uma acusação de tentativa de morte por atropelamento. Você vai se dar muito mal, dona da verdade!

Helena desligou, furiosa, mas também com medo. Esteves seria louco àquele ponto? Inventar uma coisa dessas? Nem pensou em enfrentar sozinha este novo perigo, como teria feito antes do episódio na delegacia. Ligou para Antônio e pediu que ele viesse logo para casa. Precisava falar com ele e com o doutor Edson, explicou.

Antônio largou o que estava fazendo imediatamente. Era a primeira vez que a mulher lhe pedia socorro. Não podia ser uma coisa à toa. Ligou para o advogado que, para seu alívio, concordou em se encontrar com ele em meia hora no apartamento. Chegaram praticamente juntos. Helena estava aparentemente calma. Ofereceu uma bebida, que eles recusaram, pegou uma bandeja com uma jarra de água e três copos, trouxe a garrafa térmica com café para a sala. Os dois, calados, sentiram que uma longa conversa os esperava.

– Bem, Antônio, acho que devo uma explicação para o fato de ter pedido para você vir até em casa e ainda mais trazendo o doutor Edson. Desculpe, doutor, se a ocasião não lhe foi conveniente. Mas é que aconteceu outra coisa incrível, ligada ao inquérito da morte do professor Borges.

A introdução era inquietante. "Não é o estilo de Helena. Ela está falando como se fosse outra pessoa, meu Deus!", pensou Antônio, fazendo esforço para não perder o controle ou, pelo menos, não demonstrar que abandonara sua postura tradicionalmente tranqüila.

– E o que foi que aconteceu, dona Helena? – Edson, sempre tão informal, parecia estar entrando no tom um tanto teatral da dona da casa.

– Recebi um telefonema, doutor Edson. Do professor Esteves. Ele me disse que foi atropelado e que vai me denunciar como autora do atentado.

Era demais, mesmo para o sempre compreensivo fotógrafo. Foi com voz bem alterada que ele reagiu:

– Espera aí, meu bem. Repete esta história, que não está entrando bem em minha cabeça, não.

– Eu estou dizendo, Antônio. Foi isso que aconteceu: Estevão ligou para mim, disse que estava saindo do hospital, onde fora atendido depois de ter sido atropelado, e que ia ligar para a delegacia e dizer ao detetive Queirós que me viu ao volante do carro que o atropelou. Ou, como ele prefere, que pretendia matá-lo.

– A senhora tem certeza de que houve um atropelamento, dona Helena? E quando e onde este fato se deu? Ele deu detalhes?

O advogado tentava dar um ar profissional à conversa, que a Antônio parecia surrealista.

– Não sei, doutor Edson. Ele só quis me atormentar contando os maus pedaços que passou no hospital e ameaçando me denunciar. Não perguntei nada. Fiquei completamente perturbada e pedi ajuda. Estou aqui, agora, pedindo ajuda. Não sei o que fazer. Quero ouvir o que vocês pensam disso tudo.

Antônio estava de cabeça baixa, com os olhos fechados. Foi Edson – a quem, aliás, ela se dirigira – que deu uma continuidade prática à conversa.

– Primeiro vamos checar essa história. Ver o que aconteceu de verdade. Descobrir o hospital e também saber se houve algum registro policial do acidente. Não vamos falar com o delegado Dantas, por enquanto. Mesmo que tenha havido o atropelamento, a denúncia deve ser blefe. Pelo que Antônio me contou, o professor Esteves só pretendia mesmo atormentar com o telefonema, dona Helena. Mas, vamos ficar alertas. Concorda, Antônio?

– Claro, claro. Você está certo. Mas eu acho importante saber onde Helena estava na hora em que houve esse atropelamento – real ou forjado. Enfim, mesmo que não haja acusação formal, precisamos de um álibi. E eu que sempre achei que essa história de álibi só existisse em ficção. Estou aqui falando nele, quase nem acredito.

– Álibi? Quem não acredita sou eu. E parece que preciso de mais de um. Você já tinha me exigido um para a noite da morte do Borges, lembra, Antônio? Este é o segundo. Talvez seja mesmo hora de eu lhe dar aquela explicação, isto é, em nossa nova linguagem, revelar meu primeiro álibi. Temos uma testemunha aqui, e isso é bom.

– Não vejo necessidade, Helena, de você falar disso agora. Afinal, temos outro problema, imediato, que é a confusão armada pelo Estevão.

– Mas eu faço questão, meu querido. Afinal, você pode pensar que eu atropelei mesmo aquele desequilibrado. Vamos, então, por partes. Primeiro, a noite do crime. Estão vendo? Já entrei na loucura da polícia e falo na morte do Borges como crime. Daqui a pouco vou confessar que entrei naquela piscina e empurrei a cabeça dele dentro d'água até afogá-lo e que ele, naturalmente, não reagiu.

– Helena, por favor. Não é hora para ironias. Você pediu e estou aqui, com seu advogado, para ajudar. Fale o que quiser, mas que seja sério. Meu senso de humor está esgotado com tudo isso que vem acontecendo.

– Desculpe, meu bem. Mas é que são todas as minhas faculdades e todos os meus sentidos que estão esgotados. Minha capacidade de raciocinar, principalmente. Mas vou tentar falar direito, sério, como você quer.

Nesse ponto, virou-se para o advogado, quase como se quisesse excluir o marido da conversa.

– Doutor Edson, as explicações que eu devia a meu marido, e que aproveito para dar ao senhor também, são as seguintes. Primeiro, eu disse à polícia, lá no Instituto, em interrogatório informal, que não tinha saído na noite em que o professor Borges morreu; que havia ficado em casa, estudando. Depois, na delegacia, afirmei, como o senhor deve ter lido, já que teve acesso ao meu depoimento, que tinha saído para andar um pouco, espairecer, porque estava tensa devido ao concurso. Menti outra vez. Eu saí para atender a um chamado de uma pessoa amiga, muito chegada a mim, e que pediu que eu não dissesse nem a Antônio que ia conversar com ela. Não podia, portanto, dizer na delegacia, o que não podia revelar nem a meu marido, de quem, até agora, nunca escondi nada. Omito algumas coisas, não nego, como ele também deve omitir. Um casal, mesmo amoroso, tem que resguardar as individualidades, não é? Pois bem, quanto à nova acusação que pode vir a se abater sobre mim, se o atropelamento foi ontem, como me pareceu pelo relato da suposta vítima, tenho a declarar que saí do Instituto diretamente para casa e que tanto professores e funcionários de lá, como a portaria daqui podem confirmar isso. Não desviei do caminho nem parei; também não houve engarrafamento que me detivesse. Enfim, é isso.

Mesmo conhecendo pouco, aliás, nada, sobre Helena, Edson sentiu que o clima da casa estava ruim. Antônio olhava para a mulher com certa estranheza e o tom que ela estava usando para explicar as coisas não era, evidentemente, natural. Pareceu-lhe que os dois estavam à beira de uma discussão bastante desagradável. Achou melhor ir saindo.

– Bem, Antônio. Creio que agora é arregaçar as mangas e tentar resolver esse problema, como propus de início. Depois telefono, para dar as informações que puder obter. Qualquer coisa nova que vocês souberem, por favor, liguem para mim – disse ele, já se levantando.

Helena despediu-se com frieza e Antônio foi levar o advogado até a porta e tentou ser caloroso.

– O que você puder fazer, eu agradeço muito. Aliás, já estou agradecido por você ter vindo aqui hoje, assim, às pressas. Estou apreensivo, é claro. Mas confio em seu trabalho. Até qualquer hora, Edson.

Afundou-se na poltrona, com os olhos semicerrados. Helena se aproximou, puxou uma cadeira para perto dele, e começou a falar, agora suavemente:

– Naquela noite, meu querido, fui até o apartamento de sua filha. Você estava trabalhando, achei que a conversa seria tão rápida que não precisava lhe avisar nada. Afinal, ela é quase nossa vizinha. Mariana estava nervosa quando me ligou. Quando cheguei lá, ela me contou que estava desconfiada de que estava grávida e não sabia o que fazer. Não queria discutir o assunto com o namorado, com medo de estar precipitando uma crise. Também não queria lhe falar. Pediu mesmo que eu nem dissesse a você que estava indo lá. Prometi segredo. Conversamos um pouco e eu indiquei uma boa médica que ela devia consultar. Acalmei-a, prometendo toda a ajuda possível. Já imaginou, nas vésperas daquele concurso maldito, que acabou não acontecendo, eu ainda segurando esse abacaxi?

Antônio segurou as mãos da mulher e deu um suspiro profundo.

– Por que vocês fizeram um dramalhão desses com um assunto tão simples? Eu sempre estou lhe falando o quanto me afligem os sofrimentos desnecessários que as pessoas criam para si. Você mentindo, correndo até risco naquela delegacia, para não contar uma coisa dessas! Se eu vou ser avô, ótimo. Quero saber é se Mariana está com saúde, está com a cabeça boa, nada mais. Mulheres ficam grávidas desde que a humanidade surgiu nesse planeta, Helena!

– Não, você não vai ser avô já, não. Ela fez o teste e deu negativo.

– Está vendo? Ainda por cima foi tudo à toa. Sustos, angústias, segredos... Sabe que eu até já estava gostando da idéia de Mariana grávida? Mas, agora, eu é que peço segredo. Não diz isso a ela não, por favor.

Romualdo, o porteiro, já tinha ido à delegacia depor duas vezes. Logo ele, que tinha ficado até com medo de chegar muito perto da piscina, desde a descoberta do corpo do professor Borges. Mesmo com o respeito temeroso que tinha pelo síndico, resolveu se queixar a ele.

– Seu coronel, por favor, o senhor não podia falar para o tal detetive parar de me aporrinhar, não? Sei que o senhor manda mesmo nesses lugares. Eu não agüento mais chegar tarde em casa ou mesmo perder folga, como aconteceu ontem. O senhor sabe que eu não fiz nada. Eu acho mesmo que não tem assassino nenhum, que o professor teve mesmo um treco porque estava fazendo exercício demais para a idade dele. O senhor não concorda comigo, coronel?

Gonçalves estava de mau humor. Tinha sido um completo fracasso a abordagem que fizera à loura do sexto andar. Ele tinha se dado conta de que ultimamente isso vinha acontecendo com freqüência. Que diabo! Sabia que era ainda um homem atraente. As mulheres gostavam da força que emanava dele, tinha certeza. Por que então a esnobação daquela perua?

O problema do Romualdo até que o distraiu. Tinha agora em quem descontar a desfeita que sofrera.

– Você acha que eu posso interferir no trabalho da polícia, seu Romualdo? Não. O delegado é que sabe essa história de assassinato. Eu cuido é da boa ordem desse prédio. Por exemplo: acabei com aquela bagunça de gatos na garagem, não acabei?

– Ah, seu coronel. Nem me fale disso. Coitadinho dos bichinhos...

– Você matou mesmo aquelas pestinhas, Romualdo?

O porteiro vacilou. Não estava entendendo bem o que o síndico pretendia. Coisa boa não era. Mas falou mais alto seu amor pelos animais e resolveu enfrentar aquele homem sempre ameaçador, mesmo quando parecia estar brincando, como agora.

– Não matei nenhunzinho. O senhor acha que eu seria capaz de uma barbaridade dessas? Levei tudo para casa. Lá eles vivem soltos, a vizinhança não reclama... E minha mulher não se incomoda de cuidar deles, não.

Gonçalves ri.

– Quer dizer que você é protetor de gatos, é? Eu devia ter desconfiado... O finado professor Borges era o morador que mais reclamava deles, não era? O dia em que um dos gatos entrou no carro dele, que estava com uma janela mal fechada, o homem virou fera. Também, pudera! O cheiro que ficou não era normal. O Claudemir foi quem sofreu, tentando limpar a porcaria... Aliás, isso me deu uma idéia: será que você não tinha raiva do finado por causa da bronca dele com a gataria aqui? Vai ver matou o coitado só porque prefere gatos...

O porteiro não agüentou a provocação.

– Não sou de matar ninguém, e o senhor sabe disso. Mas acho mesmo bicho melhor do que gente, coronel. Isso acho. O senhor lembra como o tal do professor tratou o Claudemir, que nem teve culpa de nada? Berrou com ele, como fazia com os gatos da garagem e como faz – quer dizer, fazia, que agora ele não pode implicar com mais ninguém – com o cachorro da dona Sueli, aquele bichinho tão inocente, tão bonitinho?

– Romualdo, Romualdo. Estou estranhando essa sua frescura falando daquele cachorro ridículo de fita no pescoço. Eu, hein? Não quero essas coisas aqui no prédio, não.

– Que é isso, doutor! Tava só desabafando. Mas cumpri suas ordens, não cumpri? Tirei os gatos aqui da garagem. E os bichanos estão muito bem, lá longe, do outro lado da baía de Guanabara. Agora, coronel, o senhor esqueceu do que lhe pedi? Por favor, dá para falar com o delegado, aquele?

– Não vou falar com ninguém. Deixa a polícia fazer seu trabalho. Se eu soubesse quem matou o homem, esse inquérito já tinha acabado. Se não sei quem matou, também não sei quem não matou. Só sei que eu não fui. Até se descobrir o assassino, todo mundo é suspeito. Até você, sim senhor. E a conversa acabou.

O interfone tocou e Romualdo atendeu, como sempre, impessoal e cortês; havia sido bem treinado pela administradora. Mas estava furioso. "O único bicho ruim que conheço é cobra. E esse aí é pior do que jararacuçu. Não é à toa que os porteiros mais antigos me contaram que ele se aposentou no Exército depois que um recruta morreu. Todo mundo lá sabia que ele fazia as maiores maldades com os rapazes, mas abafaram tudo. Não adiantou a família do morto chiar. Gente pobre, o que pode fazer? Atender interfone de madame reclamando que a faxineira ainda não chegou e ainda se dar por feliz por ter um emprego. Vidinha desgraçada!"

Ana Lúcia só queria paz. Chegar em casa, um dia, sem nenhum problema. Afinal, era o primeiro fim de semana sem emergências no Instituto. Tinha direito a ficar quieta, pondo suas leituras em dia.

Mas não conseguiu. A campainha do telefone acabou com sua esperança. "Quem será que vem me perturbar? Boa coisa não é. Há muito que não recebo um telefonema amável, desinteressado." Atendeu no pior humor. Do outro lado, Catarina estranhou:

– Algum problema, Ana Lúcia? Quer que eu ligue depois?

Estava tão concentrada em seu pessimismo que não reconheceu logo a voz da amiga.

– Mas, quem é? – perguntou ainda com um tom de "não chateia".

– Amiga, já vi que a coisa é grave. É Catarina. Nunca precisei me identificar. Tudo bem. Ligo depois, desculpe!

– Ai, meu Deus. Estou ruim mesmo. Não desligue, por favor, Catarina. É que há tanto tempo não nos falamos que não esperava... Mas que bom que é você! Eu estava pensando em encrenca, que é só o que bate à minha porta ultimamente – ou no meu telefone, para ser mais precisa. Mas, diga. O que foi que lhe deu a boa idéia de me ligar?

– O dia lindo, Ana Lúcia. O sol. Me deu uma vontade enorme de caminhar, de conversar. Aí pensei que há muito não fazemos isso.

– Que maravilha ouvir alguém falar em dia bonito. Era disso que eu precisava. Alguém que olhasse para o céu. Você quer vir até aqui em casa?

– Eu queria mesmo é olhar para árvores. E liguei para convidá-la para um passeio no Jardim Botânico. Como é? Vamos?

– Vamos sim, minha santa salvadora. Seria estupidez de minha parte não aceitar a melhor sugestão que poderia ouvir hoje. Vamos nos encontrar lá no estacionamento, em frente ao portão onde os guardas recolhem os ingressos? Tudo bem? A que horas?

As duas amigas andaram em silêncio muito tempo, só aproveitando aquele ar limpo, aquele cheiro de planta, os desenhos que o sol fazia através das copas das árvores. Foram até o orquidário, onde se demoraram um pouco apreciando cada espécie exibida. Ali perto, os jambeiros carregados de vez em quando atiravam um fruto mais maduro ao chão. Catarina não resistiu. Foi procurar no meio da grama até que achou um em bom estado.

– Ah, Ana Lúcia. Não há nada que me lembre mais Pernambuco do que jambeiro. Adoro jambo. E esse aqui está bem escuro, deve estar delicioso. Vou lavá-lo na primeira bica que encontrar, para comer andando mesmo. Tenho uma amiga que morava em Recife em uma casa que era conhecida como 'a casa do jambeiro'. Era no Espinheiro. Pertinho da minha. Ela tinha uma porção de irmãs. Eu, filha única, morria de inveja. Será que ainda existe aquela casa?

– Em Recife, não sei, Catarina. Mas aqui no Rio ela não existiria mais. E o pobre do jambeiro possivelmente também já teria desaparecido. Cheguei à triste conclusão de que brasileiro odeia planta. Não adianta nada toda a campanha dos ecologistas. Quando alguém compra um lote para construir, a primeira coisa que faz é destruir toda a vegetação existente.

Continuavam caminhando em silêncio, mas Ana Lúcia estava pensativa.

– Que é isso, Ana? Viemos aqui para espairecer

e você já está com a testa franzida! Vamos lá, respira fundo!

– Ah, Catarina! Eu não desligo mesmo, não é? Estava pensando na doutora Nise. Que saudade! Ela dizia que uma pessoa que gosta de gatos não pode ser mau-caráter. Você acha que a gente pode dizer o mesmo de quem gosta de planta?

– Olha, por nós, garanto. Nós não somos gente boa, Ana?

Catarina riu, feliz da vida, mas a companheira continuava com um ar levemente apreensivo e muito séria, voltou à conversa.

– Por falar em ecologia, há muito tempo não encontro o professor Luiz Edmilson. Ele foi meu orientador no mestrado, no Museu Nacional, quando estudei a destruição da Mata Atlântica no processo de colonização. É o maior defensor do meio ambiente que conheço. Trabalha alguns dias por semana aqui no Jardim Botânico. Hoje, não deve estar, apesar de ser um trabalhador incansável. Mas assim que chegar em casa vou saber notícias dele.

Foram quase duas horas de caminhada lenta e alguma conversa mansa de quando em quando. Pararam um pouco para apreciar as estátuas de Eco e Narciso, de autoria de Mestre Valentim, reunidas depois de muitas décadas, graças a uma bela campanha feita poucos anos antes. Também fizeram uma paradinha no quiosque de Frei Leandro, onde Ana Lúcia tinha repassado muitos capítulos de sua dissertação de mestrado. Passando pela entrada do parquinho, viram famílias em clima de piquenique, a criançada curtindo os brinquedos. Encantaram-se com as noivas sendo fotografadas, uma delas até com damas de companhia. Tudo sem pressa – melhor ainda, sem pressão. Ana Lúcia afinal sentiu-se reconciliada com a vida.

À saída, quando foram pegar os carros estacionados ao lado da casa em estilo Tudor, com portas e janelas azuis, Catarina comentou:

– Sabe que minha amiga da casa do jambeiro em Recife ainda teve a felicidade de morar aqui, nesta casa, no meio deste parque, você acredita?

– Nesta casa? Mas isso não é um prédio público?

– Coisas do Brasil, minha filha. Naquele tempo o Ministério da Agricultura usava essas casas para funcionários graduados. O ministro mesmo morava aqui no jardim, naquela casa meio elevada, que fica mais nos fundos. O pai da Maria da Graça, diretor do Serviço de Economia Rural, cooperativista, instalou a família, que era enorme, aqui, quando vieram do Recife. Já imaginou, que maravilha, ter esse parque como quintal?

Ana Lúcia foi para casa com uma leve inveja daquela moça que vivera ali. O Jardim Botânico, para ela, era o melhor recanto do Rio de Janeiro. Sempre que passava por lá, mesmo sem entrar, dava uma respirada mais funda e pensava no privilégio que era morar em uma cidade com aquela área verde.

Chegou em casa e ligou para seu antigo professor. Ele atendeu com a voz jovial de sempre e ela lhe falou de seu passeio e de como não podia ir ali sem lembrar dos tempos em que o procurava para discutir a dissertação, para ouvir seus conselhos. Debateram a situação do Museu Nacional, as obras intermináveis, os perigos que aquele valioso acervo corria. O Museu Nacional era outro local de trabalho do botânico. Quando houve uma pausa na prosa, Luiz Edmilson perguntou:

– E como vai aquela jornalista tão simpática, que me visitou lá no Jardim há tão pouco tempo, e que eu soube outro dia que ficou viúva, coitada. O marido dela não trabalhava com você?

– Ah, sim. O Borges. Era professor do Instituto. Aliás, o mais brilhante. Foi uma morte tão estúpida, não é? Toda morte é absurda, por mais que se saiba que faz parte da vida. Mas aquela... Na piscina do prédio, um homem forte... Gosto muito da Marina, e acho que ela está reagindo bem. É mulher de fibra. Mas quando ela esteve no Jardim Botânico?

– Não me lembro o dia, mas lembro que ela queria um livro sobre plantas tóxicas. Disse que estava pensando em uma reportagem sobre venenos vegetais. Não pude atendê-la bem, porque estava muito ocupado. Deixei-a na biblioteca, sem imaginar que iria ser atingida por essa tragédia. Enfim, estou mais tranqüilo agora que você me disse que ela está bem.

Logo depois de desligar o telefone, Ana Lúcia sentiu um certo mal-estar, seguido de um impulso irresistível de consultar o dicionário de plantas do Brasil do Pio Corrêa, que o pai do seu amigo Carlos Leonam tinha terminado. Ela gostava muito daquele dicionário enorme, em cinco volumes pesadíssimos, feito com grande rigor científico. Gostava de dicionários e enciclopédias. "É mais agradável consultar a Delta ou a Britânica virando as páginas do que fazer buscas na Internet... Ainda bem que, se a informação com suporte papel acabar, como alguns fanáticos das novas tecnologias estão profetizando, isto ocorrerá depois que eu morrer. Não passaria sem meus livros, principalmente os de referência. Pena que ninguém atualiza os bons dicionários brasileiros. Como eu gostaria de uma nova edição do Caldas Aulete, por exemplo, ou deste, de botânica, ou mesmo do de animais do Brasil do Von Ihering... O de artes plásticas do Roberto Pontual! Quanta coisa nova poderia ser incluída ali."

A divagação fez com que quase esquecesse por que estava procurando o dicionário. Lembrou com um certo arrepio. Que idéias estranhas a assaltavam ultimamente! Mas, também, não era para menos. Quando poderia pensar que uma morte tão esquisita iria acontecer próximo a ela e ainda por cima lhe fazer, em conseqüência, lidar com investigadores e freqüentar delegacias?

Encontrou a descrição minuciosa de várias plantas brasileiras que podiam provocar efeitos tóxicos. Algumas existiam em estado natural na região Sudeste, isto é, podiam ser encontradas em campos do Estado do Rio. O interesse do botânico, porém, não incluía o uso criminoso de nenhuma delas. Portanto, ficava difícil obter a informação que ela queria: será que existia mesmo uma plantinha que, administrada a uma pessoa, em forma de infusão, poderia causar um ataque do coração sem deixar traço? Quem poderia saber uma coisa dessas? Não queria perguntar a Luiz Edmilson; respeitava muito o professor para envolvê-lo nas suas suspeitas absurdas. "Será que são absurdas?" Ela, que se gabava por suas respostas sempre tão prontas e lúcidas, estava agora se transformando em uma fábrica de interrogações.

Na segunda-feira depois da ida ao Jardim Botânico, Ana Lúcia tentou voltar a ser apenas uma diretora competente. Nada de querer consertar o mundo ou bancar a detetive. Cada macaco no seu galho. Mas os deuses estavam conspirando contra seus bons propósitos. A primeira pessoa que a secretária anunciou foi Marina. Ela estava na saleta de espera, querendo lhe falar. Fazer o quê?

– Ana Lúcia, querida, desculpe, mas estou aqui para assuntos burocráticos. Você sabe que não entendo nada de papéis, e agora, queira ou não, estou afogada neles.

Sentiu que estava sensível demais. Aquela expressão 'afogada', usada pela viúva de Borges, bateu em seu ouvido como algo sinistro. Mas era apenas uma maneira de falar, claro; precisava se controlar e escutar o que a outra tinha vindo fazer ali.

– Claro, compreendo, Marina. De que você está precisando? Você sabe que pode contar comigo.

E, automaticamente, disse à secretária:

– Nely, traz água e café para dona Marina, por favor.

– É essa história de pensão, Ana Lúcia. Claro que tenho meu dinheiro, mas apareceu uma porção de contas lá em casa, e não sei se a universidade paga ainda o salário do Borges esse mês, acho que não. Aliás, que bobagem, sei que não pode. Enfim, vim me informar sobre o que posso reivindicar aqui. Ou tenho que ir à reitoria? Preciso de uma orientação e por isso vim direto a você, que pode me dizer onde devo ir.

Nely trouxe a bandeja com água e café para as duas. Ana Lúcia pegou seu copo e tomou lentamente um gole gelado. Percebeu que estava olhando para Marina como nunca olhara. Estudando cada expressão, como se quisesse fazer um retrato.

– Isso tudo é o Departamento de Pessoal que pode lhe dizer, Marina. Mas não vou mandar você lá. Chamo a Aparecida até aqui; ela é expert nesses assuntos e vai dizer tudo o que você tem que fazer. Acho que a burocracia da universidade não é tão perversa, não. Vejamos.

– Ah, que bom ter amigos. Eu já imaginava o horror que seria ter que ir de sala em sala atrás de informações.

– Mas me diga, Marina, enquanto esperamos, você conseguiu espairecer um pouco, sair do Rio, como aconselhei?

– Que nada, Ana Lúcia. Queria passar uns dias em Maricá, lembrando do tempo em que tive casa lá, mas não deu. O Borges adorava a praia, mas, depois que assaltaram a casa, ele tomou uma daquelas decisões radicais típicas. Vendeu. Por uma ninharia, tive até dó. Estivemos uma vez lá, depois, em um hotelzinho, mas não teve graça. Aliás, passei neste hotel há umas semanas, e vi que está numa decadência horrorosa...

– Você esteve em Maricá antes do falecimento do Borges?

– É, foi... Foi uma ida rápida. Falaram em ressacas horrorosas e fui ver. Sabe como é, vício de jornalista. Pensei em umas fotos para o Caderno. Sabe que estou fotografando, não é? E estou adorando essa nova arma que é a câmera.

Ana Lúcia teve mais uma vez a sensação de que estava ficando maluca. A palavra 'arma' lhe deu pela segunda vez em poucos instantes uma idéia de algo sinistro envolvendo Marina. E também tivera a impressão de que a amiga ficara bastante perturbada com sua pergunta. Mas, não. Tinha de afastar essa obsessão. Não era de seu feitio ter cismas. Afinal, tinha fama de racional e se esforçava muito para justificá-la. Mas aquela ida a Maricá era demais. Era como a peça do quebra-cabeça que faltava. Se ela pudesse saber mais...

Só depois de algum tempo percebeu que havia ficado em silêncio, quase esquecida da moça à sua frente. Marina estava visivelmente inquieta.

– Não é melhor eu ir à sala dessa Aparecida, não? É muita folga minha ficar aqui, atrapalhando seu trabalho, falando de coisas sem importância...

– Então, está bem. Nely a leva até lá. Mas, por favor, qualquer problema, fale comigo.

Apesar do oferecimento gentil, Ana Lúcia não conseguiu falar com o calor que costumava usar com Marina. Era como se não pudesse se despedir amigavelmente da outra sem ser hipócrita. E odiava ser hipócrita.

Maria Augusta, aproveitando que Esteves preparava aulas no escritório, onde ela não podia entrar nunca, acontecesse o que acontecesse, quando ele se trancava lá, pintava compulsivamente na sala que havia arrumado para seu hobby. Já tinha aplicado as tulipas azuis a doze pires e começava a esboçar os desenhos em xícaras. Mas a satisfação que aquele trabalho, sua única diversão, lhe dava tinha sido substituída por uma reflexão séria e dolorida.

"Eu não posso continuar nessa vida. Afinal, a época de mulher escrava já passou. Mas, o que vou fazer, minha santa Terezinha? Como é que fui me apaixonar por um homem desses? Mesmo com as costelas quebradas, ele está feliz porque acusou a colega e está fazendo a pobrezinha sofrer. Por que fez questão de me contar que não tinha sido ela, quando eu, horrorizada, ouvi a conversa dele ao telefone, ameaçando entregá-la à polícia? Para me fazer sofrer também, claro. E ele antes ficava dizendo que foi a Helena quem matou o Borges! Dá para desconfiar... Será que casei com um homem capaz de matar um colega e ainda por cima culpar outra pessoa? É a única coisa que posso pensar. Ou é melhor voltar a não pensar em nada, como tenho feito esses anos todos?"

Esteves a havia levado uma única vez ao Instituto. Era formatura de uma turma de História e ele tinha sido eleito paraninfo. Maria Augusta tinha ficado orgulhosa do marido naquela noite, ouvindo com emoção seu discurso inflamado, aplaudido com entusiasmo pelos alunos. Na festinha que se seguiu à solenidade, tivera ocasião de conhecer Helena Bernardes, também uma das homenageadas. Gostou muito dela, do seu jeito amável e simples. E, afinal, se a professora não tivesse se aproximado e puxado conversa, ela teria ficado sozinha o tempo todo ali, naquele salão enorme, com cortinas vermelhas, que a amedrontava um pouco. Esteves não havia sequer tido a consideração de apresentá-la a alguns colegas ou alunos.

"Por que será que Estevão odeia tanto aquela moça? Não dá para entender. Aliás, ele fala mal de quase todos os colegas. Da diretora, então, é um horror."

Ela não tinha conhecido Ana Lúcia, que naquela ocasião estava viajando – uma viagem arranjada às pressas, para não presidir a formatura que teria Esteves como paraninfo e, portanto, orador, bancando o revolucionário. Maria Augusta tinha curiosidade de estar com a diretora tão detestada pelo marido. Queria também conversar com alguém com mais cultura do que ela, que nem fizera faculdade, e não tinha ânimo para grandes leituras.

Queria saber como era ter uma vida própria, um trabalho, e não vegetar, como ela, à sombra do marido, e de um marido que ela sequer amava.

"Meu Deus, é a primeira vez que eu digo a mim mesma que não há mais amor em meu casamento. Sei disso há muito tempo, mas nunca tinha admitido. Será que estou mudando? Tomara, já era tempo!"

Ficou tão satisfeita com seu pensamento, com a idéia de que estava retomando a consciência de sua existência como pessoa, que largou a xícara e foi procurar um CD para ouvir. Teve um pouco de dificuldade para ligar o aparelho, pois aquele equipamento era praticamente só do Esteves. Ela raramente ouvia música ou, pelo menos, a música que estava com vontade de ouvir. Encontrou um disco do Paulinho da Viola e decidiu que gostaria de ouvir aquelas músicas que adorava.

– O que está acontecendo nesta casa? Que barulheira é essa? – Esteves entrou na sala, ameaçador.

– Barulheira, nenhuma, Estevão. Desde quando Paulinho da Viola é barulheira?

Ele parou, estupefato. Maria Augusta, pela primeira vez, tinha respondido sem sombra de medo e até com energia a uma interpelação sua. Resolveu não insistir. Entrou outra vez no escritório e fechou a porta. A mulher sorriu, agradecendo aos céus por ter tido coragem de inaugurar sua nova postura diante do marido e a Paulinho pela música que estava realmente fruindo.

O velho contínuo Anísio sempre gostara da professora Ana Lúcia, e tinha ficado muito agradecido por ela tê-lo requisitado para o gabinete, quando foi eleita. Fora uma promoção e um alívio deixar o arquivo, onde tinha que subir em escada a toda hora e carregar pilhas de papéis o dia todo.

Naquela segunda-feira, sua tarefa era ir ao banco, pagar algumas contas para a diretora. Assim que Marina saiu, ele deu as duas batidas convencionais na porta e entrou para pegar o cheque.

– Tudo bem, Anísio? Foi bom o fim de semana?

Animado pelo cumprimento amável de Ana Lúcia, tomou coragem de puxar conversa, coisa que raramente fazia.

– Tudo bem, obrigado, professora. A moça que saiu agora daqui é a viúva do professor Borges, não é?

– Você é muito observador, Anísio. Reconheceu a Marina, que vem tão pouco aqui...

– Ah, mas eu conheço essa moça não é daqui, não. Ela visita de vez em quando uma vizinha minha, que há uns dois anos foi lá morar com o filho. Uma senhora formidável. A prosa dela parece a da senhora, dona Ana Lúcia. Mas ela não tem estudo, não; é como eu. Por isso eu fico bobo de ver como ela fala bem; tem histórias muito curiosas do tempo de menina lá no Norte. E como cuida do jardinzinho!

– Não me diga que você é vizinho da Maria Teresa, que foi empregada do professor Borges?

– Ela mesma. A senhora também conhece, professora?

– Claro, Anísio. Conheci na casa do professor

Borges e conheço muitas das histórias dela pela Marina.

– Poucos dias antes do professor falecer – que Deus o tenha! – a dona Marina esteve lá. Ficaram conversando, ela e dona Maria Teresa, um tempão. Eu olhando, do meu canto, do outro lado da cerca. Desculpe se ela é sua amiga, professora, mas ela parece orgulhosa, do tipo que nem vê pobre, não é? Nem me olhou. Ficou andando pelo quintalzinho da dona Maria Teresa e perguntando sobre as plantas. Pegou um papel na bolsa e começou a desenhar. Desenhava um pouco e fazia mais perguntas. A minha vizinha, sentada ali na porta, respondendo "é assim mesmo, mas com a folhinha mais fina", "tem uma florzinha amarela, sim", e acompanhando só com o olhar o passeio da dona, que ela está bem doente... o filho me disse que ela piorou muito. Ele estava preocupado mesmo.

Ana Lúcia não estava mais ouvindo o contínuo. Aquela visita a Maria Teresa era demais! Ou as coincidências de fato existiam e ela estava ficando maníaca, ou não restava mais nenhuma dúvida.

O advogado Edson Mendonça ligou satisfeito para Antônio. Tinha boas notícias a dar, avisou. Marcaram à noite na casa do fotógrafo. Helena tinha afinal conseguido retomar seu trabalho e estava mergulhada em leituras para preparar uma aula quando o marido ligou anunciando a visita do rapaz. Aproveitou a interrupção e foi logo ver se tinha algo a oferecer, como estava o abastecimento da casa. Viu que não tinha com que se preocupar na área doméstica e voltou tranqüilamente à tarefa acadêmica.

Depois de todas as aflições, tinha tido uma trégua. Voltara à delegacia ainda uma vez, com o advogado, apenas para preencher lacunas do depoimento. Se não fora cortês, o detetive pelo menos tinha sido profissional. Ela atribuiu a mudança à presença de Edson, mas, de qualquer maneira, decidiu que o assunto não merecia mais sofrimentos desnecessários, como tinha dito Antônio. "Quando surgir outro problema, tratarei dele. Não vou me antecipar, bancando a rainha de copas da história de Alice, que já gritava ai, porque o espinho poderia vir a espetá-la".

Edson chegou pontualmente ao apartamento do casal e relatou o que tinha apurado: Esteves tinha sido de fato atropelado (o que Helena já tinha confirmado no Instituto), estava ainda de repouso em casa, mas bem, e não tinha feito queixa nenhuma à polícia. O lado irônico da coisa é que o delegado Dantas havia ficado furioso com ele, por não ter registrado a ocorrência. Tinha havido muitas testemunhas e o carro que o pegara, na calçada, era verde e de um modelo antigo. Enfim, não havia qualquer hipótese de uma acusação ou suspeita contra Helena.

Estavam brindando o fim daquele episódio, quando Antônio lembrou de perguntar sobre o inquérito principal.

– E a morte do Borges? Como está a investigação?

– Bem, essa é outra notícia boa. Tenho um tio que conhece o coronel Gonçalves, síndico do edifício do Borges. Foram colegas de colégio no Rio Grande do Sul. Meu tio é aposentado e gostou da idéia de bancar o detetive. Foi visitar o coronel – que tem fama de torturador no Exército e de ditador e mulherengo como síndico – e conseguiu uma história ótima. O coronel tinha ido falar com o delegado Dantas, pedindo para que ele apressasse o encerramento do inquérito. Tudo indica que o delegado tem um certo medo do coronel e já havia chegado à conclusão de que não existia crime algum a investigar. Mas, para falar a verdade, há um aspecto da morte bem estranho, que ainda não foi explicado. O legista constatou uma parada cardíaca, mas nenhuma outra evidência de ocorrência de um infarto ou embolia. Enfim, o médico não pode afirmar com certeza qual foi a causa da morte. O coronel ficou muito impressionado com isso, e falou várias vezes a meu tio da perplexidade do delegado e, o que achei incrível, manifestando um grande entusiasmo pelo que passou a chamar de 'crime perfeito'.

– Espera aí – interrompeu Helena. – Esse entusiasmo não pode ser auto-elogio, não?

– Pensando bem, o coronel deveria ser um dos suspeitos. Homem que aprendeu a matar, sem escrúpulos, e que podia ter vários motivos. Afinal, parece que o morto – vocês é que o conheciam, podem confirmar – tinha um temperamento explosivo, e o coronel é um síndico terrível, pelo que contou meu tio. Choques entre os dois seriam facilmente previsíveis. E esse pedido para encerramento do inquérito se encaixa nessa hipótese que Helena levantou.

– Pode ser, pode ser. Mas o que me encanta nessa história toda é que, no Brasil, todo mundo conhece todo mundo. Ou melhor, a classe média cabe toda em uma kombi, como se dizia de alguns movimentos políticos. Ou num penico, como prefere um amigo meu gozador.

A observação de Antônio fez com que os três dessem uma boa gargalhada.

– Como é que pode? Já estamos rindo disso tudo – comentou Helena, olhando com espanto para os dois homens, que estavam tendo o mesmo pensamento.

Ana Lúcia não sabia o que ia fazer. E não podia perguntar a ninguém. Ou contava sua descoberta a todo mundo – a começar pela polícia – ou guardaria o segredo para sempre. "Já estou eu fazendo melodrama! Será que é uma descoberta mesmo? Como ter certeza? Ou o que quero saber é: como ter provas? Deus do céu! Em que embrulhada me meteram..."

Chegou em casa com dor de cabeça. Não gostava de tomar remédio, mas dessa vez sentiu que precisava de um analgésico. Mal havia ingerido o comprimido, Helena ligou, com voz alegre.

– Parece que as coisas estão desanuviando, Ana Lúcia. Você já soube que o inquérito policial sobre a morte do Borges foi encerrado, não é? Afinal, não há assassino – ou assassina, eu, como o detetive Queirós queria. Quer dizer, a polícia acha que não tem assassino. Mas Antônio e eu desenvolvemos uma teoria segundo a qual quem o matou foi aquele coronel, síndico do prédio. Não é uma boa? Enfim, pobre Borges, que morte estúpida e quanta aflição que não teve nada a ver com a perda dele.

– Curioso, Helena, como você está falando sobre o Borges como antigamente. A morte apagou os rancores?

– Acho que nunca houve rancores. De minha parte, pelo menos. Você sabe, amiga, que sempre admirei aquele cara insuportável. E tenho uma ternura eterna por aqueles a quem amei um dia. Não compreendo quando vejo pessoas que passam a detestar, odiar mesmo, seus ex-amigos, ex-maridos ou ex-amantes. Pior ainda, a desprezá-los. Ah, comigo, não. Se mereceram um dia meu amor, minha afeição, é porque são bons.

– Isso aí, Helena. Estou vendo que a crise passou. Está pronta para outra? Porque eu vou reabrir as inscrições para o concurso de titular. Como é? Vai se inscrever outra vez, não é?

– Mas de jeito nenhum. Vou é me aposentar, isso sim. Não devia estar dizendo uma coisa dessas a minha diretora, assim, de repente, mas escapou. É uma idéia que estou acalentando desde as vésperas do maldito concurso que não houve, Ana Lúcia. Várias vezes pensei em desistir. Agora, não me interessa mais. Peço a aposentadoria antes de acabar o período.

– Todo mundo está indo embora. De uma forma ou de outra. Acho que toda a nossa geração está se aposentando. Vai ser duro acabar a gestão sem os principais professores do Instituto, Helena, mas compreendo sua atitude e acho que você tem muito o que fazer fora da universidade. Eu, não. Vou para a França reabastecer as baterias para continuar professora. Aí, quem sabe, o Estevão assume a direção, seu velho sonho, e...

– Por misericórdia, minha amiga! A conversa tinha começado tão pra cima, que idéia horrorosa é essa agora? Aliás, quando é que a peste do Estevão volta às aulas? Eu soube que o tal atropelamento foi uma coisa de nada... Vaso ruim não quebra, mesmo.

– Ele anunciou à secretaria do departamento que na segunda-feira já está lá, para deleite da platéia de alunos desavisados. Mas Helena, querida, gostei de ver sua disposição, mesmo falando em aposentadoria. É hora de produzir coisas suas. Temos que aproveitar essa fase da maturidade. Vamos um dia conversar sobre planos futuros, esquecendo o Instituto, está bem?

Ao desligar, ficou com inveja de Helena. Tinha ainda que acabar seu mandato. Mas, tentou consolar-se e conseguiu pensar, novamente esperançosa, que dois anos passavam logo. E havia tanta coisa para esquecer...

O detetive Queirós não gostava de fazer relatório. Falar era uma coisa, mas botar tudo no papel, direitinho... Nunca tinha sido bom em português e o chefe gostava de tudo escrito bem difícil, como discurso de político. "Por que é que doutor Dantas não fez política em vez de ficar aqui nessa delegacia nojenta? Ele bem que dava para a coisa", pensava Queirós, adiando o começo do trabalho. Acertou várias vezes as duas folhas do papel na máquina – escrever naquele computador que tinham mandado para lá, nem pensar! –, botou um carbono... e nada.

– Como é que é? Esse relatório sai ou não sai? Olha que eu quero mostrar logo uma cópia dele ao coronel Gonçalves – gritou o delegado, que estava observando a indecisão do Queirós.

Queirós levantou-se e decidiu puxar uma conversa com o chefe, sentindo que ele estava de muito bom humor naquele dia.

– O doutor me desculpe, mas por que o coronel quer tanta pressa? Será que ele está protegendo alguém? E só agora eu pensei – o senhor não fique zangado, não; é só um pensamento – que ele só deu depoimento lá no edifício mesmo, na noite em que o corpo foi achado. Por que foi que o delegado não mandou interrogar mais o coronel? Em outro caso ele seria suspeito também. Aliás, o primeiro. Essa história de um elemento matar e depois fingir que achou o corpo e chamar a polícia é mais velha do que...

Dantas interrompeu o detetive, que ia se animando mais à medida que falava.

– Você andou bebendo, Queirós? Falando ainda em suspeito, e para piorar, o suspeito sendo o coronel Gonçalves, homem da lei, quando você mesmo concordou que não tem assassino nenhum nessa história. Desde o início estou lhe falando para encerrar o inquérito. Acaba logo com essa papelada! Você tá inventando modo para não trabalhar; te conheço... Agora, cá entre nós, essa sua idéia do coronel ter fechado aquele cara é engraçada. Quando me aposentar, vou escrever uma história com esse caso e o coronel será o assassino. Que tal?

– Quer virar escritor, delegado? Essa é muito boa! Dou a maior força, chefe – disse Queirós já levantando para voltar a sua mesa e à máquina de escrever.

Enquanto o relatório era redigido, Dantas começou a ler uns papéis que estavam guardados em sua gaveta, aproveitando que o detetive afinal se ocupara e que não havia mais ninguém ali, além de um alcagüete cochichando perto da porta com o detetive Barros.

"Por que eu não tenho coragem de mostrar essas poesias a ninguém? Será que não sou macho bastante para agüentar a gozação dos ignorantes, que vão dizer que poesia é coisa de veado?" Talvez fosse melhor levar tudo para casa. Mesmo trancadas na gaveta, era perigoso deixar ali suas experiências literárias. Quando tivesse escrito mais, pediria a alguém para ler e dar opinião. Será que já podia publicar um livro? Pensou naquele rapaz baixinho, de fala mansa, que tinha ido mais de uma vez à delegacia depor sobre o professor afogado. Ele tinha ouvido com interesse a conversa de menino pobre que quer escrever, ganhando a vida fazendo trabalhos para os outros, querendo ficar amigo dos professores para conhecer gente que podia ajudá-lo a publicar seus livros. Sentiu que o cara era bom, conhecia esse meio, poderia ajudá-lo.

"O Queirós, bobalhão, no começo achava o homem perigoso, só porque os porteiros do edifício do coronel disseram que ele era 'misterioso'. Depois, mudou de opinião, como sempre. Ficou convencido de que aquele seu primeiro suspeito não era capaz de praticar um crime, só porque vivia metido com os livros. Esse Queirós é uma cavalgadura. Que é que tem uma coisa com a outra?"

Dantas sorriu, lembrou com satisfação algumas das suas façanhas que um dia poderiam estar em um livro. Fechou a gaveta, depois de guardar as poesias – algumas eróticas, outras românticas – em um envelope que fechou com vários grampos.

Ana Lúcia tinha que comprar um presente para a cunhada. Dora adorava festejar o aniversário e fazia questão absoluta de que todos fossem. Cada presente que recebia – e ai de quem aparecesse sem presente! – ela abria já elogiando o embrulho, antes de ver o que era, para depois dar gritinhos de "que graça!", "eu a-do-ro esta cor", "você adivinhou, estava louca para comprar um desses para mim", "mas que coisa chique, minha Nossa Senhora!". Havia todo um repertório que Ana Lúcia se divertia em ver recitado todo ano da mesma maneira exuberante e que ela achava puro teatro.

"Catarina, que não tem irmão, é quem sabe. Ela vive me dizendo que toda mulher implica com a cunhada. Falam de sogra, mas rivalidade entre cunhadas é muito pior", pensou bem-humorada, preparando-se para ir até o shopping, coisa que detestava.

Depois de olhar algumas vitrines, viu uma blusa que achou a cara de Dora. Estava descobrindo que passear entre lojas não era um programa tão desagradável para quem, como ela, estava tão angustiada por uma suspeita-quase-certeza de que alguém que conhecia tinha cometido um assassinato. Quando saía com o embrulho, achando-se um tanto extravagante por ter dado tanto dinheiro por um presente que a cunhada iria elogiar e exibir para todos os presentes à festa, para depois provavelmente enfiar no fundo de uma gaveta, avistou Marina.

A outra estava sorridente, e acenou para ela com tanto entusiasmo que não deu para escapar, fingindo que não tinha visto, como pensara de início. Depois ainda teve a esperança de que tudo ficasse nesse cumprimento de longe, mas Marina já se aproximava com determinação.

– Querida, que bom te ver. Queria tanto contar logo a alguém a boa notícia. O delegado encerrou o inquérito da morte do Borges, felizmente. Não há dúvida de que foi afogamento depois de um mal súbito. Ah, Ana Lúcia, você não sabe o horror que era ver aquele homem, o Queirós, fuçando a nossa vida, a vida dos amigos. Meu Deus, que horror, até considerar o Estevão, tão amigo, suspeito! E a Helena, coitada, que eu nem sabia que tinha sofrido tanto durante a ditadura, ter que passar pelo que passou. Uma pessoa tão íntegra. Que que é isso? Não tinha pé nem cabeça aquele inquérito. Coisa de quem não tem o que fazer, com tanto bandido pela cidade para investigar e prender.

– Eu imagino, querida. Deve ter sido um pesadelo. Um pesadelo a mais, não é? Porque a morte do Borges deve ter sido, quer dizer, deve ser ainda para você um horror. Até hoje a morte do Carlos me dói tanto que você nem imagina... E já lá se vão cinco anos... Você ficou sozinha há tão pouco tempo...

Alguma coisa na voz de Ana Lúcia fez Marina ficar alerta. Olhou bem para a amiga. Ana Lúcia estava impassível, mas os olhos quase faiscavam. "Que quer dizer isso? Calma. Não vou ficar paranóica agora, que o susto já passou", pensou Marina.

E tentando ser bem natural:

– Você não quer passar lá em casa hoje à noite? Sinto falta dos amigos. E você há muito tempo que não vai lá. Acho que desde a campanha para a direção do Instituto. Quer dizer, que bobagem, você esteve comigo outro dia. Mas é que eu estou tentando apagar aqueles dias logo depois... depois do que aconteceu com o Borges. Quero muito que a casa volte a ser como era. Acho que ele gostaria. Ia me chamar de boba se eu ficasse com ar de luto, choramingando...

– Hoje, não, Marina. Mas outro dia eu vou. Temos o que conversar. Só não quero tomar chá de jeito nenhum, tá certo? Espero que você tenha um bom uísque.

Ana Lúcia foi se afastando, colocando com firmeza um ponto final no papo. Marina ficou parada. O coração disparou. "Minha Nossa Senhora do Perpétuo Socorro! Ela sabe. Mas como? E agora, o que faço? Pior, o que ela vai fazer?"

Este livro foi composto na DFL Ltda.
Rua Leandro Martins, 22 – sala 712 – Centro – Rio de Janeiro – RJ
e impresso na Editora JPA Ltda. Av. Brasil, 10.600 – Penha – Rio de Janeiro – RJ
para a Editora Rocco Ltda.

UMA AULA DE MATAR
Ana Arruda Callado

O JANTAR DA LAGARTIXA
Ateneia Feijó

O PRIMEIRO CRIME
Carmen Moreno

FARO FELINO
Tessy Callado

SARACUSA.COM
Eliene Narducci

VENDE-SE VESTIDO DE NOIVA
Denise Assis

Coleção
ELAS SÃO DE MORTE
Concepção e coordenação
Denise Assis